LITERATUR AKTIV

Paola Bonelli

Wolfgang Borchert im Scheinwerferlicht

CIDEB

Projektleitung und Graphik: Nadia Maestri
Umschlagbild: Marina Tripodi

Erste Auflage: Juni 2001

Trotz intensiver Bemühungen konnten nicht alle Inhaber von Text- und Bildrechten ausfindig gemacht werden. Für entsprechende Hinweise ist der Verlag dankbar.

ISBN 88-7754-728-6

Druck: Litoprint, Genua

Vorwort

Das Buch ist konzipiert worden, um näher und also besser den Autor Borchert kennen zu lernen. Borchert gilt sicher und richtigerweise als einer der wichtigsten Vertreter der so genannten Trümmer- oder Heimkehrliteratur wegen seiner Kurzgeschichten und seines meisterhaften Hörspiels „Draußen vor der Tür".

Der Krieg und sein Erbe von Verzweiflung und Armut spielen nämlich eine wichtige Rolle in seinem Werk; man vergesse nicht, dass Borchert selbst an der Ostfront gekämpft hat und von dem Krieg schwer krank gekommen ist. Das ist aber nur eins der Themen, die Borchert behandelt hat. Und um eine vollständigere, auch wenn nicht exhaustive, Aufnahme Borcherts literarische Produktion zu bekommen, hat man beschlossen, auch andere Erzählungen zu analysieren, in denen andere Aspekte seiner Zeit, des Lebens im Allgemeinen hervorgehoben werden.

Das Buch besteht aus fünf Einheiten:

1. <u>Liebe/Entsagung</u> *(*Die traurigen Geranien; Später Nachmittag*), in der der Schriftsteller die Schwierigkeiten der Beziehung zwischen Frau und Mann unter der weiblichen Perspektive auf eine feine, subtile Weise beschreibt.*

2. <u>Natur</u> *(*Das Gewitter; Die Mauer*), wo Borchert durch die Beschreibung physischer Phänomene die Gelegenheit benutzt, um tiefere Betrachtungen über das Dasein anzustellen.*

3. <u>Jenseits</u> *(*Radi; Gottes Auge*), wo metaphysische Überlegungen vorwiegend sind.*

4. <u>Krieg und seine Folgen</u> *(*Nachts schlafen die Ratten doch; Das Brot*): Borcherts Erfahrung in diesem Bereich darf natürlich nicht fehlen.*

Hier hat man zwei Erzählungen gewählt, in denen man vor allem von den geistigen Wunden erzählt, die der Krieg in dem Menschen verursacht.

5. Meine Wurzeln: Hamburg (Die Stadt; Hamburg). *Hauptthema ist hier der Heimatort des Autors, aber ohne Sentimentalität zu triefen (wie es üblich bei Borchert ist). Hamburg wird nicht nur in seinen schönen, positiven Aspekten, sondern auch in seinen harten, schlechten Aspekten, dargestellt, sodass der Leser die Komplexität der Gefühle von Borchert seiner Stadt gegenüber verstehen kann.*

Was die Didaktik angeht, beginnt die Textanalyse immer mit einer Vorentlastung durch Bilder, die in das Thema der Erzählung einführen. Danach folgt das Textverständnis und die Arbeit mit der Sprache und der Lexik des Textes, und am Ende eine freiere Arbeit mit der Erzählung, wo der Schüler sich nach den gesteuerten Phasen spontan ausdrücken kann. Das Symbol und seine Interpretation sind oft Bestandteile der Textanalyse.

Und jetzt machen wir uns ans Werk!

Inhalt

Wolfgang Borchert

WOLFGANG BORCHERTS KURZBIOGRAPHIE

1921 am 20. Mai in Hamburg geboren

1928 Besuch der Volksschule

1932 Wechsel zur Oberrealschule

1938 erste Gedichte. Borchert verlässt die Schule

1939 Beginn einer Buchhändlerlehre und gleichzeitig Schauspielunterricht

1940 erste Verhaftung durch die Gestapo wegen unerwünschter Gedichte

1941 Schauspieler an der *Landesbühne Osthannover*. An die Ostfront kommandiert

1942 schwer verwundet und wegen Äußerungen „gegen Staat und Partei" zum Tode verurteilt. Zur Bewährung an der Front begnadigt. Schwere Erkrankung in Russland

1943 Seuchenlazarett Smolensk. Rückkehr nach Deutschland. Lazarettaufenthalt im Harz; Urlaub in Hamburg; dann als Kabarettist tätig

1944 wieder Verhaftung wegen Erzählens politischer Witze und Verurteilung zu neun Monaten Gefängnis (Moabit/Berlin); Entlassung zur Feindbewährung

1945 in Hamburg als Kabarettist, Schauspieler und Regieassistent tätig. Mitbegründer des Theaters *Die Komödie*. Aufgabe wegen Krankheit

1946 Elisabeth-Hospital; Gedichte: *Laterne, Nacht und Sterne*; Erzählungen: *Die Hundeblume*

1947 Reise in die Schweiz. Hörspiel *Draußen vor der Tür*. Borchert stirbt am 20. November im Clara-Hospital in Basel. Am 21. November Uraufführung von *Draußen vor der Tür* in den Hamburger Kammerspielen. Am 24. November Trauerfeier in Basel

1948 Borcherts Urne wird auf dem Ohlsdorfer Friedhof in Hamburg beigesetzt

WERKE

LYRIKEN: *Laterne, Nacht und Sterne*, 1946

ERZÄHLUNGEN: *Die Hundeblume*, 1947; *An diesem Dienstag*, 1947; *Die traurigen Geranien und andere Geschichten*, 1962 (postum)

DRAMA: *Draußen vor der Tür*, 1947

HISTORISCHE GRUNDRISSE

1919-1929 Weimarer Republik

1932 NSDAP (Nationalsozialistische Deutsche Arbeiterpartei) erhält 37,8% der Wählerstimmen

1933 Hitler an der Macht. Die Verfassung wird abgeschafft

1934 Hitlers Selbsternennung als Reichskanzler. Achse Berlin-Rom

1935 ‚Nürnberger Gesetze': die jüdische Bevölkerung wird diskriminiert und entrechtet

1936 Antikominternpakt zwischen Deutschland und Japan gegen die Sowjetunion

1937 Auch Italien gegen die Sowjetunion

1938 Österreich wird Deutschland angeschlossen; Münchner Abkommen zwischen Hitler, Mussolini, Chamberlain und Daladier; im Oktober Einmarsch von deutschen Truppen ins Sudetenland; Kristallnacht (in der Nacht vom 9. zum 10. November werden 267 Synagogen verbrannt; Geschäfte, die zu Juden gehören, werden zerstört und ausgeplündert)

1939 am 1. September Beginn des 2. Weltkriegs; Überfall auf Polen

1940 Besetzung von Dänemark, Norwegen, Belgien, Holland und Frankreich; Kriegseintritt Italiens; italienischer Angriff auf Griechenland

1941 deutsche Besetzung der Balkanhalbinsel; Einfall in die Sowjetunion; am 7. Dezember überfallen die Japaner ohne Vorwarnung die amerikanische Flotte in Pearl Harbour: Kriegseintritt der USA; am 11. Dezember Kriegserklärung Deutschlands und Italiens an die USA

1942 Beginn der Zerstörung deutscher Städte

1943 Katastrophe von Stalingrad; Landung der Alliierten in Sizilien; Sturz Mussolinis; Hamburg unter Luftangriffen; Widerstandsgruppen in Deutschland, u. a. ‚Weiße Rose' in München

1944 Landung der Alliierten in der Normandie; Feldzug in Frankreich, Belgien und Südholland; am 20. Juli Attentat auf Hitler gescheitert

1945 Februar: Konferenz von Yalta (Stalin, Roosevelt und Churchill bestimmen die Zukunft Europas und der Welt); Eindringen der Alliierten in Deutschland; Eroberung Berlins;
30. April: Selbstmord Hitlers;
7.-8. Mai: bedingungslose Kapitulation Deutschlands;
17. Juli-2. August: Potsdamer Abkommen (Stalin, Roosevelt und Churchill bestimmen u. a. die endgültige Festlegung der Grenzen Deutschlands);
August: Abwurf der ersten Atombomben und Kriegsende in Japan;
November: Beginn der Nürnberger Prozesse

1946 Hamburg in der britischen Besatzungszone; Industrieplan der Alliierten für das zerstörte Deutschland; im Oktober Ende der Nürnberger Prozesse

1947 Weiter mit der Umerziehung der Deutschen durch die Alliierten; Marshall-Plan zum Wiederaufbau Deutschlands und Europas

Liebe/Entsagung

Die traurigen Geranien

VORENTLASTUNG

Pablo Picasso
Weinende Frau, 1937
Öl auf Leinwand,
92 x 73 cm

Pablo Picasso
Weinender Kopf, 1937
Graphit und Guasch
auf Hochglanzpapier,
29 x 23 cm

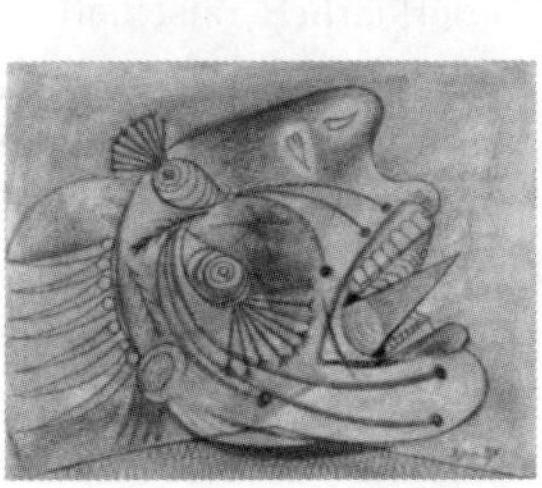

Pablo Picasso
Weinender Kopf, 1937
Graphit, Buntstifte und Guasch
auf Hochglanzpapier,
23 x 29.5 cm

Beantworte folgende Fragen!

1 Schau dir die Bilder an! Wie findest du diese Figuren?

2 Welche Gefühle erwecken bei dir diese Bilder?

3 Was für ein logischer Zusammenhang könnte zwischen dem Werk von Picasso und der folgenden Geschichte existieren?

Die traurigen Geranien

Als sie sich kennenlernten [a], war es dunkel gewesen. Dann hatte sie ihn eingeladen und nun war er da. Sie hatte ihm ihre Wohnung gezeigt und die Tischtücher [1] und die Bettbezüge und auch die Teller und Gabeln, die sie hatte. Aber als sie sich dann zum erstenmal bei hellem Tageslicht gegenübersaßen, da sah er ihre Nase.

Die Nase sieht aus, als ob sie angenäht [2] ist, dachte er. Und sie sieht überhaupt nicht wie andere Nasen aus. Mehr wie eine Gartenfrucht. Um Himmels willen! dachte er, und diese Nasenlöcher [3]! Die sind ja vollkommen unsymmetrisch angeordnet. Die sind ja ohne jede Harmonie zueinander. Das eine ist eng und oval. Aber das andere gähnt [4] geradezu wie ein Abgrund [5]. Dunkel und rund und unergründlich [6]. Er griff nach seinem Taschentuch und tupfte sich [7] die Stirn [8].

Es ist so warm, nicht wahr? begann sie.

---

neue Rechtschreibung

a **kennenlernten** = kennen lernten

b **muß** = muss

c **daß** = dass

d **stehenblieb** = stehen blieb

---

1 **s Tischtuch (-¨er)** : Tischdecke

2 **annähen** : etw. durch Nähen (Stoffteile mit Nadel und Faden verbinden) an etw. befestigen

3 **s Nasenloch (-¨er)** : die zwei Öffnungen der Nase

4 **gähnen** : den Mund weit öffnen und tief atmen, weil man müde ist oder sich langweilt

5 **r Abgrund (-¨e)** : Tiefe, Kluft, Krater

6 **unergründlich** : geheimnisvoll, unerklärlich, rätselhaft

7 **sich tupfen** : etw. von einer Stelle entfernen, indem man diese Stelle (z. B. mit einem Tuch) mehrmals berührt

8 **e Stirn (-en)** : der Teil des Kopfes zwischen den Augen und den Haaren

O ja, sagte er und sah auf ihre Nase. Sie muß[b] angenäht sein, dachte er wieder. Sie kommt sich so fremd vor im Gesicht. Und sie hat eine ganz andere Tönung[9] als die übrige Haut. Viel intensiver. Und die Nasenlöcher sind wirklich ohne Harmonie. Oder von einer ganz neuartigen Harmonie, fiel ihm ein, wie bei Picasso.

Ja, fing er wieder an, meinen Sie nicht auch, daß[c] Picasso auf dem richtigen Wege ist?

Wer denn? fragte sie, Pi - ca - - ?

Na, denn nicht, seufzte er und sagte dann plötzlich ohne Übergang[10]: Sie haben wohl mal einen Unfall gehabt?

Wieso? fragte sie.

Na ja, meinte er hilflos.

Ach, wegen der Nase?

Ja, wegen ihr.

Nein, sie war gleich so. Sie sagte das ganz geduldig: Sie war gleich so.

Donnerwetter! hätte er da fast gesagt. Aber er sagte nur: Ach, wirklich?

Und dabei bin ich ein ausgesprochen[11] harmonischer Mensch, flüsterte sie. Und wie ich gerade die Symmetrie liebe! Sehen Sie nur meine beiden Geranien am Fenster. Links steht eine und rechts steht eine. Ganz symmetrisch. Nein, glauben Sie mir, innerlich bin ich ganz anders. Ganz anders.

Hierbei legte sie ihm die Hand auf das Knie, und er fühlte ihre entsetzlich innigen Augen bis an den Hinterkopf glühen[12].

Ich bin doch auch durchaus für die Ehe, für das Zusammenleben, meinte sie leise und etwas verschämt[13].

Wegen der Symmetrie? entfuhr es ihm.

Harmonie, verbesserte sie ihn gütig, wegen der Harmonie.

Natürlich, sagte er, wegen der Harmonie.

Er stand auf.

Oh, Sie gehen?

Ja, ich - ja.

Sie brachte ihn zur Tür.

9 **e Tönung (-en)** : Farbe, Nuance

10 **r Übergang (-¨e)** : Verbindung

11 **ausgesprochen** : sehr, besonders

12 **glühen** : ohne Flamme und Rauch rot brennen

13 **verschämt** : verlegen, schüchtern

Innerlich bin ich eben doch sehr viel anders, fing sie noch mal wieder an.

Ach was, dachte er, deine Nase ist eine Zumutung [14]. Eine angenähte Zumutung. Und er sagte laut: Innerlich sind Sie wie die Geranien, wollen Sie sagen. Ganz symmetrisch, nicht wahr? Dann ging er die Treppe hinunter, ohne sich umzusehen.

Sie stand am Fenster und sah ihm nach.

Da sah sie, wie er unten stehenblieb [d] und sich mit dem Taschentuch die Stirn abtupfte. Einmal, zweimal. Und dann noch einmal. Aber sie sah nicht, daß er dabei erleichtert grinste [15]. Das sah sie nicht, weil ihre Augen unter Wasser standen. Und die Geranien, die waren genauso traurig. Jedenfalls rochen sie so.

14 **e Zumutung (-en)** : rücksichtsloses Benehmen, unbescheidenes Verlangen

15 **grinsen** : höhnisch lächeln

TEXTVERSTÄNDNIS

Richtig oder falsch? Kreuze an!

		R	F
1	Der Mann und die Frau kennen sich schon seit langer Zeit	☐	☐
2	Sie begegnen sich bei hellem Tageslicht	☐	☐
3	Sie sitzen bei ihr zu Hause	☐	☐
4	Der Mann bemerkt plötzlich, dass sie eine besonders hässliche Nase hat	☐	☐
5	Die Frau hat einen schlimmen Unfall gehabt	☐	☐
6	Ihre Diskussion geht um Picassos Malerei	☐	☐
7	Die Frau versteht nicht, warum sich das Verhalten des Mannes plötzlich geändert hat	☐	☐
8	Die Frau glaubt an die Gültigkeit eines gemeinsamen Lebens	☐	☐
9	Er geht sofort weg: er muss seine Geranien pflegen	☐	☐
10	Die Frau bedauert das Weggehen des Mannes	☐	☐
11	Nach dem Weggehen ist der Mann traurig	☐	☐

VERSTÄNDNISERWEITERUNG

Beantworte folgende Fragen!

1 Warum ist der Mann bei ihr zu Hause?

2 Was zeigt sie ihm?

3 Was verursacht die Flucht des Mannes?

4 Wie wird ihre Nase vom Autor beschrieben? Sammle alle Wörter bzw. Ausdrücke, die auf sie beziehen!

5 Warum nennt der Autor Picasso?

6 Was wiederholt die Frau?

7 Wie reagiert sie am Ende? Und er?

Vollende folgende Sätze!

1 Als sie sich zum ersten Mal bei hellem Tageslicht trafen, bemerkte ....

2 Er sah, dass die Nasenlöcher ....

3 Ihre Nase kam wie .... vor ....

4 Der Mann fragte die Frau, ob sie ....

5 Die Frau sagte, dass sie ....

6 Der Mann stieg ...., ohne ....

7 Von ihrem Fenster aus konnte sie nichts sehen, weil ....

Sage es mit anderen Worten!

1 Z. 15 Sie kommt sich so fremd vor im Gesicht

2 Z. 15-16 Und sie hat eine ganz andere Tönung

3 Z. 30 Und dabei bin ich ein ausgesprochen harmonischer Mensch

4 Z. 37 Ich bin doch auch durchaus für die Ehe

5 Z. 39 entfuhr es ihm

6 Z. 54-55 weil ihre Augen unter Wasser standen

Wie heißt das Gegenteil?

1 Z. 17 neuartig → ....

2 Z. 25 hilflos → ....

3 Z. 30 harmonisch → ....

4 Z. 38 verschämt → ....

5 Z. 54 erleichtert → ....

TIEFERE ARBEIT AM TEXT

1 Gib der Erzählung einen anderen passenden Titel!

2 Was ist das Thema der Erzählung?

3 Schreibe eine Zusammenfassung. Benutze dabei folgende Wörter:

Frau Mann Nase
Picasso harmonisch Ehe weggehen
weinen Geranien

4 Was für ein Bild des Mannes entsteht im Text? Und der Frau?

5 Warum zeigt ihm die Frau die Tischtücher, die Bettbezüge usw.?

6 Wie beurteilst du das Verhalten des Mannes?

7 Was hättest du an der Stelle der Frau gemacht?

8 Hältst du es für möglich, dass das Aussehen eine Liebesbeziehung auf eine so starke Weise beeinflussen kann?

9 Hier wird der Gedanke des deutschen Schriftstellers Otto Flake (1880-1963), der den Geist dieser Geschichte völlig widerspricht, erwähnt.
Nimm dazu Stellung!

Liebe ist der Entschluss, das Ganze eines Menschen zu bejahen, die Einzelheiten mögen sein, wie sie wollen.

10 Immer mehr Leute (vor allem Frauen) unterziehen sich Schönheitschirurgieoperationen, um sich und den anderen mehr zu gefallen. Wie stehst du diesem Phänomen gegenüber? Nenne Pro und Kontra solcher Operationen!

PRO	KONTRA

11 Im Text spricht man oft von Harmonie. Finde die entsprechenden Textstellen und sage, was Harmonie für dich bedeutet!

12 Der Mann ist nicht in der Lage, die tiefe Harmonie der Seele der Frau zu verstehen. Er beschränkt sich nur auf das Aussehen. Ist das typisch für das allgemeine männliche Verhalten? Begründe deine Antwort mit konkreten Beispielen (aus deinem Leben oder aus dem Leben deiner Freunde/Bekannten, aus den Klatschnachrichten usw.)!

13 a) Wie würdest du die Stimmung, die Atmosphäre dieser Kurzgeschichte bezeichnen? Kreuze an!

- traurig
- spannend
- optimistisch
- melancholisch
- alltäglich
- heiter

b) Welche Stilmittel benutzt Borchert, um diese Atmosphäre zu schaffen? Begründe deine Antwort mit Belegen aus dem Text!

c) Wie ist das Sprachniveau dieser Kurzgeschichte? Kreuze an und begründe deine Antwort mit Belegen aus dem Text!

- gehoben
- standard
- schlicht
- gesucht
- gekünstelt
- gesprochen

14 Was bedeuten die zwei letzten Sätze: „Und die Geranien, die waren genauso traurig. Jedenfalls rochen sie so" (Z. 55-56)?

Später Nachmittag

VORENTLASTUNG

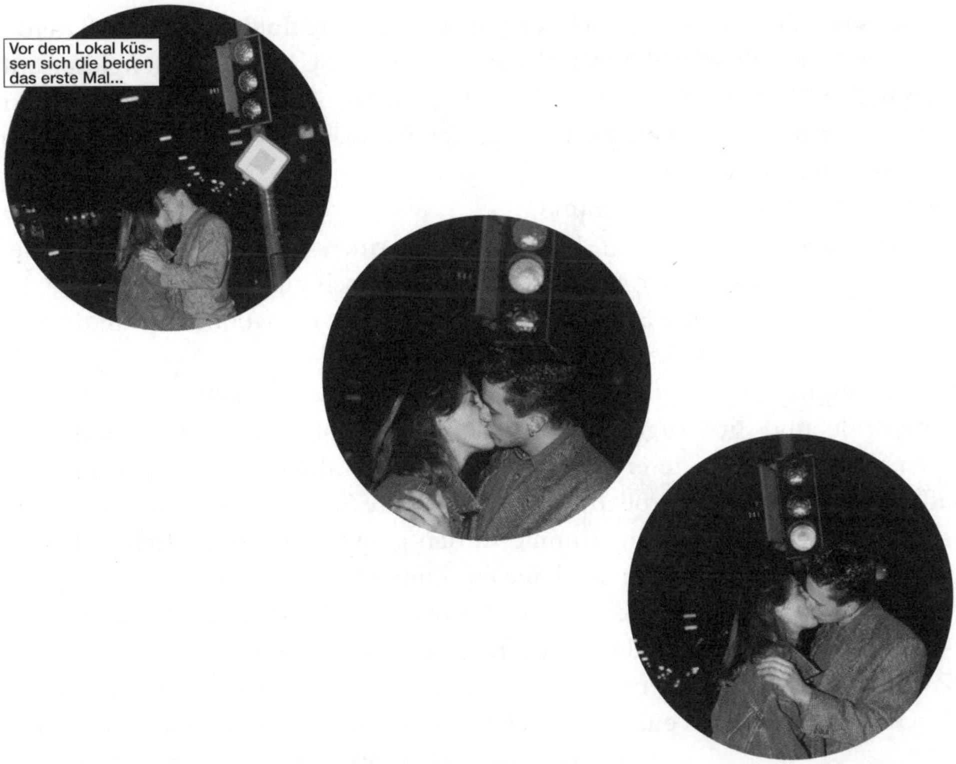

Bravo, Foto-Lovestory

Beantworte folgende Fragen!

1. Sieh dir die Bilder an! Es handelt sich um Fotogramme aus einem Fotoroman: Liest du gern Fotoromane? Warum?
2. Wie sind die Geschichten in den Fotoromanen? Wie enden sie gewöhnlich?
3. Was für eine Geschichte wird in den nächsten Seiten erzählt? Stelle Vermutungen an, indem du auch an den Titel denkst!

Später Nachmittag

Das Haus war schmal [1], grau und hoch. Da blieb sie stehen und sagte: So.

Er sah sie an. Die Gesichter waren schon im späten Nachmittag versunken [2]. Er sah nur eine blasse [3], ovale Scheibe [4]. Dann sagte sie: Ja.

Ihr Schlüsselbund [5] klickerte [6] unterdrückt. Es lachte.

Da sagte der junge Mann: Dies ist die Catharinenstraße. Ich danke Ihnen.

Sie schickte ihre farblosen Geleeaugen durch die dicken Brillengläser auf den hellen Fleck zu, der sein Gesicht sein mußte [a]. Nein, antwortete sie, und ihre Augen sahen dazu etwas doof aus, ich wohne hier. Die Catharinenstraße ist das nicht. Ich wohne hier.

Leise lachte das Schlüsselbund.

Der junge Mann staunte [7]: Nicht die Catharinenstraße? Nein, flüsterte sie. Ja, was soll ich denn hier, mein Gott! Ich will doch zur Catharinenstraße. Er sagte das sehr laut. Ihre Stimme wurde ganz klein: Ich wohne hier. In diesem Haus hier. Und sie klickerte mit dem Schlüsselbund.

Da begriff [8] er. Er ging dicht [9] an die blasse, ovale Scheibe heran. Sie hat eine Brille, und ihre Augen sind wie Gelee, so doof, so wässerig – dachte er. Hier wohnst du, fragte er und griff nach [10] ihr, allein? Ja – – natürlich – – allein. Sie sagte das in großen Abständen [11]. Ihre Stimme war so neu, daß [b] sie selbst erschrak. So war die Stimme in den ganzen siebenunddreißig Jahren nicht gewesen, als sie sagte: Ich habe ein Zimmer.

Er ließ sie los und fragte: Und die Catharinenstraße? Sie ist da, antwortete sie und ihre Stimme wurde wieder halb so wie früher. Da, die zweite links. Zweite links, sagte er und drehte sich um. Und durch den diesigen [12] Nachmittag kam noch ein sich entfernendes Danke. Aber das war schon weit,

---

neue Rechtschreibung

a **mußte** = musste

b **daß** = dass

c **schloß** = schloss

---

1 **schmal** : eng

2 **versinken** : hier: verschwinden

3 **blass** : bleich, fast weiß

4 **e Scheibe (-n)** : runde oder ovale Platte

5 **s Schlüsselbund (-e)** : mehrere Schlüssel, die an einem Ring hängen

6 **klickern** : ein Geräusch produzieren, als ob man mit Spielkugeln spielt

7 **staunen** : überrascht sein, sich wundern

8 **begreifen** : verstehen

9 **dicht** : sehr nah

10 **nach j/m etw. greifen** : die Hand nach j/m oder etw. ausstrecken und ihn/es festhalten oder versuchen, ihn/es mit der Hand zu fassen

11 **r Abstand (-¨e)** : Zwischenraum, Pause

12 **diesig** : mit Dunst oder leichtem Nebel

weit ab. Dann vertropften seine Schritte unaufhaltsam[13] und sackten[14] in der Catharinenstraße ganz weg.

Nein, er sah sich noch um. Ein grauer Fleck starrte hinter ihm her, aber das konnte auch das Haus sein. Das Haus war schmal und hoch und grau. Die mit ihren Geleeaugen, dachte er. Wie Gelee waren die, so doof hinter der Brille. Mein Gott, mindestens vierzig war sie schon.

Und dann sagt sie plötzlich: Ich habe ein Zimmer. Er grinste den späten Nachmittag an. Dann bog er in die Catharinenstraße ein.

An dem grauen, schmalen Haus klebte ein grauer Fleck. Der atmete und flüsterte vor sich hin: Ich dachte, er wollte was. Er sah mich so an, als ob er gar nicht zur Catharinenstraße wollte. Nein, aber er wollte wohl nichts.

Ihre Stimme war wieder ganz wie früher. Wie sie schon siebenunddreißig Jahre lang gewesen war. Verständnislos schwammen ihre blassen Augen hinter den dicken Brillengläsern hin und her. Wie in einem Aquarium. Nein, er wollte nichts.

Dann schloß[c] sie die Tür auf. Und das Schlüsselbund, das lachte. Lachte leise. Ganz leise.

TEXTVERSTÄNDNIS

Richtig oder falsch? Kreuze an!

		R	F
1	Es ist Nacht	☐	☐
2	Der Mann sucht die Catharinenstraße	☐	☐
3	Die Frau wohnt in der Catharinenstraße 37	☐	☐
4	Der Mann findet, dass die Frau schöne Augen hat	☐	☐
5	Sie trägt dicke Brillengläser	☐	☐
6	Die Frau ist so alt wie der Mann	☐	☐
7	Sie verliert das Schlüsselbund	☐	☐
8	Der Mann und die Frau haben eine heftige Diskussion	☐	☐
9	Der Mann hat sich über die Frau getäuscht	☐	☐

13 **unaufhaltsam** : stetig, so, dass man es nicht stoppen kann

14 **sacken** : langsam und schwer auf den Boden sinken

VERSTÄNDNISERWEITERUNG

Ergänze die Tabelle!

WER	AUSSEHEN	ALTER	WO	WANN	WAS

Beantworte folgende Fragen!

1. Wo sind die beiden?
2. Wo hat die Frau ein Zimmer?
3. Warum wird ihre Stimme leiser?
4. Wie endet die Geschichte?

Sage es mit anderen Worten!

1. Z. 6-7 Sie schickte ihre farblosen Geleeaugen durch die dicken Brillengläser auf den hellen Fleck zu
2. Z. 15 Da begriff er
3. Z. 15 Er ging dicht an die blasse, ovale Scheibe heran
4. Z. 18 Sie sagte das in großen Abständen
5. Z. 22 ihre Stimme wurde wieder halb so wie früher
6. Z. 31-32 Er grinste den späten Nachmittag an

Wie heißt das Gegenteil?

1 Z. 1 hoch → ....

2 Z. 6 farblos → ....

3 Z. 8 doof → ....

4 Z. 38 dick → ....

Finde Synonyme!

1 Z. 11 flüsterte → ....

2 Z. 23 diesig → ....

3 Z. 37 verständnislos → ....

TIEFERE ARBEIT AM TEXT

1 Gib der Erzählung einen anderen passenden Titel!

2 Was ist das Thema der Erzählung?

3 Schreibe eine Zusammenfassung. Benutze dabei folgende Wörter:

Frau	Mann	Catharinenstraße
Stimme	Brille	mindestens vierzig

4 Im Text spricht man oft über die Stimme und die Sprechweise des Mannes, und vor allem der Frau.
Sammle alle Wörter bzw. Ausdrücke, die sich darauf beziehen!
Was verraten die Stimmen und die Sprechweisen der beiden über ihre Gefühle/Persönlichkeiten?

MANN	FRAU

5 Du hast sicher gemerkt, dass das Schlüsselbund der Frau mehrmals genannt wird. Finde die entsprechenden Textstellen. Was will Borchert damit bezwecken? Finde eine Erklärung dafür!

6 Und jetzt vergleiche deine Antwort mit der folgenden symbolischen Interpretation:

> *Wer ihn (den Schlüssel) besitzt, hat die symbolische Macht des Zugangs, insbesondere zu allen geistigen Bereichen (oder auch zu Liebe, Reichtum und Glück...)*

Wie kannst du in Anbetracht dieser Erklärung das Verhalten des Mannes interpretieren? Bist du damit einverstanden?

7 Warum wiederholt Borchert oft, dass die Frau nah an die Vierzig ist und dass der Mann jung ist? Finde auch die entsprechenden Textstellen!

8 Glaubst du auch, dass das Verhältnis zwischen einem Mann und einer älteren Frau kompliziert sein kann? Warum?

9 Das ist die Erzählung einer Liebe, die sich nicht verwirklicht hat. Was kann verhindern, dass eine Liebe zur Wirklichkeit wird?

10 Die von der Frau empfundene Zuneigung wird nicht von dem Jungen erwidert. Was hätte sie machen können, um ihn anzuziehen? Gib ihr Ratschläge!

11 Hier geht es um eine zufällige Begegnung auf der Straße. Aber viele Leute kennen den Partner durch Annoncen oder durch Heiratsvermittlungsbüros. Was hältst du von solchen Kontaktsmöglichkeiten?

12 a) Welche phonetischen Stilmittel sind hier vorhanden? Kreuze an und suche Beispiele im Text!

- Lautmalerei
- Alliteration
- Wiederholung
- Anapher
- Wortspiel
- Endreim

b) Welche syntaktischen Stilmittel sind hier vorhanden? Kreuze an und suche Beispiele im Text!

- Inversion
- Ellipse
- Klimax
- Parallelismus

c) Welche semantischen Stilmittel sind hier vorhanden? Kreuze an und suche Beispiele im Text!

- Personifikation
- Symbol
- Synästhesie
- Ironie
- Metapher
- Euphemismus

Natur

Das Gewitter

VORENTLASTUNG

Ein Gewitter

Beantworte folgende Fragen!

1 Was siehst du?

2 Was für ein Thema wird die nächste Geschichte behandeln? Kreuze an!

- ökologisches Thema
- traditionelles Thema
- realistisches Thema
- aktuelles Thema
- alltägliches Thema
- transzendentales Thema

Oder...?

Das Gewitter

Der Himmel war grün. Und es roch nach Angst. Der Abend roch nach Bier und gebratenen Kartoffeln. Die engen, endlosen Straßen rochen nach Menschen, Topfblumen und offnen Schlafzimmerfenstern.

Der Himmel wurde gelb wie Gift. Die Welt verstummte[1] vor Beklemmung[2]. Nur ein Riesenautobus schnob[3] urweltlich und asthmatisch vorbei. Er ließ eine Andeutung[4] von Ölruch in der Luft.

Die Alster[5] erbleichte[6] und starrte[7] wie ein furchtvolles Tierauge zwischen den Häusermassen zum Himmel. Sie sah das Unabwendbare[8] auf sich zukommen. Und sie erbleichte, daß[a] es aussah, als hätten hunderttausend Fische plötzlich ihre Bäuche nach oben gekehrt. Die Kirchtürme waren ganz nah und wie nackt. Die Stadt duckte[9] sich.

Auf einer Hauswand schleimten[10] sich zwei Schnecken[11] in weltentrückter Gelassenheit[12] grußlos aneinander vorüber. Über sechs Stunden klebten sie sich gegenüber und jede von ihnen hatte erwartet, daß die andere ausweichen[13] würde. Dann setzten sie sich endlich solidarisch zu gleicher Zeit in Bewegung. Und jede machte einen dünnen, glitschigen[14] Silberstrich[15] an die Wand.

---

neue Rechtschreibung

a **daß** = dass
b **unmißverständlich** = unmissverständlich
c **Riß** = Riss
d **verblaßten** = verblassten
e **Fluß** = Fluss

---

1 **verstummen** : aufhören zu sprechen
2 **e Beklemmung (-en)** : ein Gefühl der Angst oder Unruhe
3 **schnauben** : hörbar durch die Nase atmen
4 **e Andeutung (-en)** : ein schwaches Anzeichen
5 **Alster** : Eigenname von Fluss (siehe S. 75)
6 **erbleichen** : blass werden
7 **starren** : lange blicken
8 **s Unabwendbare (nur Sg.)** : so, dass man es nicht verhindern kann, unvermeidlich
9 **sich ducken** : sich beugen
10 **schleimen** : Schleim (eine Substanz, die teilweise flüssig ist und sich klebrig und unangenehm anfühlt) absondern
11 **e Schnecke (-n)** : kleines Tier ohne Beine und mit einem weichen Körper. Es kriecht nur sehr langsam. Manche Schnecken haben eine harte, runde Schale auf dem Rücken, in der sie sich verstecken können
12 **e Gelassenheit (nur Sg.)** : Ruhe
13 **ausweichen** : aus dem Wege gehen, Platz machen
14 **glitschig** : feucht und glatt
15 **r Silberstrich (-e)** : Linie von silberner Farbe

Aus dem vielstockigen Haus kam kaum ein Laut. Eine Tür miaute [16]. Und ein Kind fragte etwas. Sonst nichts. Nur unten im Hausflur klopften zwei Herzen. Die gehörten einem jungen Mann und einem Mädchen.

Als sich die beiden Schnecken unter den Blicken der beiden Menschen eine Handbreit [17] voneinander entfernt hatten, klirrte [18] laut und unmißverständlich [b] ein Fenster zu. Ein überraschender Wind jaulte [19] auf, hob einen Fetzen [20] Papier auf, klöterte [21] eine leere Konservendose gegen die Steine und jachterte [22] wie hundert hungrige Hunde durch die gelähmte [23] Stadt. Riesige Regentropfen klatschten [24] kalt und rhythmisch auf die Straßen. Als der erste Blitz wie ein Riß [c/25] über den Himmel ging, griff das Mädchen nach der Hand des jungen Mannes und drückte sie gegen ihre Brust. Der Donner bellte gereizt [26] über den Dächern. Die beiden Menschen schlossen für Sekunden die Augen.

Der junge Mann war ein typischer Mann. Er wollte die so leicht gewonnene Stellung nicht nur halten, sondern nannte das Gewitter für sich ein unverschämtes [27] Glück. Und er legte die andere Hand daneben und zog das ganze an sich. Das Ganze, das Mädchen, sah ihn an, als sähe sie ihn zum erstenmal. Er nickte [28] ihr großartig zu: Ja, das habe ich nun getan. Aber da nahm sie seine Hände von sich ab, schnell und stumm. Und weil sie ihn verstand, atmete sie erregt [29]: Ja, du, das verstehe ich nicht. Dann lief sie in den Regen hinaus.

Der junge Mann war ein typischer junger Mann. Er sah die unwahrscheinlich dicken, nassen Tropfen und hob die Schulter: Nein, ich verstehe das auch nicht. Kopfschüttelnd [30] nahm er die eine Schnecke und

16 **miauen** : miau machen, wie die Katze rufen. Hier mit dem Sinn von ‚kreischen'

17 **e Handbreit (-)** : die Breite von ungefähr 10 Zentimetern

18 **klirren** : ein helles, vibrierendes Geräusch produzieren

19 **jaulen** : lange, laute Töne von sich geben, die traurig klingen

20 **r Fetzen (-)** : ein abgerissenes kleines Stück Papier

21 **klötern** : schlagen

22 **jachtern** : Lärm machen

23 **gelähmt (übertr.)** : müde, erschöpft

24 **klatschen** : das Geräusch, das entsteht, wenn Wasser auf die Erde geschüttet wird

25 **r Riss (-e)** : lange, dunne Öffnung, die entsteht, wenn etw. reißt oder bricht

26 **gereizt** : nervös und aggressiv

27 **unverschämt** : hier: sehr groß

28 **nicken** : den Kopf kurz nach vorn beugen, um ‚ja' auszudrücken oder um zu zeigen, dass man mit etw. einverstanden ist

29 **erregt** : nervös

30 **kopfschüttelnd** : erstaunt

backte sie wieder dahin, wo sie vor einer Stunde gewesen war. Er wischte sich[31] die Hand an der Hose ab und setzte sich erschlagen[32] auf die Treppe. Er kaute grimmig[33] auf einem Gummiband. Allmählich verblaßten[d] die Blitze. Die Donner dämpften[34] ihre Wut. Die Alster schwatzte[35] glucksend[36] mit den dicken Regentropfen. Es roch fruchtbar nach Milch und Erde. Die Rinde[37] der Bäume war blaugrau und blank wie die Haut eines Elefanten, der eben aus dem Fluß[e] steigt. In einer Nebenstraße zischte[38] ein Auto durch die Pfützen[39]. Der junge Mann sah abschätzend[40] zum Himmel. Da hing ein schmaler Mond. Der Himmel war durchsichtig[41] und sauber wie eine frisch geputzte Fensterscheibe. Die Luft war seidig und die ersten Sterne stickten[42] ein zaghaftes[43] Muster[44] in die aufkommende Nacht. Man hörte die Menschen tief atmen im Schlaf. Aber die Bäume, die Blumen und das Gras waren wach und tranken. Der letzte Donner war so klein, als wenn ein Kind einen Stuhl rückt[45].

31 **sich abwischen** : putzen

32 **erschlagen** : erschöpft, todmüde

33 **grimmig** : ärgerlich

34 **dämpfen** : abschwächen, lindern

35 **schwatzen** : reden, plaudern

36 **glucksen** : ein Lachen unterdrücken und dabei ein klingendes Geräusch von sich geben

37 **e Rinde (-n)** : die harte und raue Oberfläche, die den Stamm eines Baumes umgibt

38 **zischen** : sich sehr schnell bewegen

39 **e Pfütze (-n)** : das Wasser, das sich bei Regen an einer Stelle am Boden sammelt

40 **abschätzen** : beobachten, absuchen

41 **durchsichtig** : transparent

42 **sticken** : mit einer Nadel Muster auf ein Stück Stoff machen

43 **zaghaft** : flimmernd

44 **s Muster (-)** : eine bestimmte Kombination oder Reihenfolge von Zeichen, die sich wiederholen, oft als Verzierung

45 **rücken** : mit kurzen, kräftigen Bewegungen ein bisschen verschieben oder ziehen

TEXTVERSTÄNDNIS

1 Wer und was treten in der Kurzgeschichte auf? Ergänze die Tabelle!

PERSONEN	TIERE	NATURELEMENTE

2 Teile die Kurzgeschichte in Sinnabschnitte und gib ihnen einen passenden Titel!

VERSTÄNDNISERWEITERUNG

Beantworte folgende Fragen!

1 Worum geht es hier?

2 Wo sind die zwei Schnecken?

3 Was macht das Kind?

4 Wo sind das Mädchen und der junge Mann?

5 Was geschieht zwischen dem Jungen und dem Mädchen?

6 Im Text spricht man oft vom Himmel. Sammle alle Wörter bzw. Ausdrücke, die sich auf ihn beziehen. Welche Änderung merkst du?

7 Wie reagiert der Fluss Alster auf das Gewitter?

8 Wie reagiert die ganze Natur auf das Gewitter?

9 Welche Sinnesorgane werden in dieser Kurzgeschichte betroffen? Ergänze die Tabelle!

AUGEN	NASE	OHR	TASTSINN	GESCHMACK

Sage es mit anderen Worten!

1 Z. 6 Er ließ eine Andeutung von Ölruch in der Luft

2 Z. 15-16 Dann setzten sie sich endlich solidarisch zu gleicher Zeit in Bewegung

3 Z. 18 Aus dem vielstockigen Haus kam kaum ein Laut

4 Z. 45 Die Donner dämpften ihre Wut

5 Z. 49 Der junge Mann sah abschätzend zum Himmel

Wie heißt das Gegenteil?

1 Z. 7 furchtvoll → ....

2 Z. 13 Gelassenheit → ....

3 Z. 15 solidarisch → ....

4 Z. 25-26 gelähmte Stadt → ....

5 Z. 31 typisch → ....

6 Z. 50 durchsichtig und sauber → ....

Finde Synonyme!

1 Z. 23 unmissverständlich → ....

2 Z. 35 großartig → ....

3 Z. 54 wach → ....

TIEFERE ARBEIT AM TEXT

1 Gib der Kurzgeschichte einen anderen passenden Titel!

2 Was ist das Hauptthema der Kurzgeschichte?

3 Anhand der Textgliederung auf Seite 27 schreibe eine Zusammenfassung. Benutze dabei max. 100 Wörter.

4 Was denkst du von dem Jungen? Findest du eine Entwicklung in seinem Verhalten?

5 Der Autor wiederholt: „Der junge Mann war ein typischer Mann" (Z. 31, 39). Was kennzeichnet für dich „einen typischen Mann"?

6 Glaubst du auch, dass dieses Verhalten typisch für junge Männer ist?

7 Warum ist das Mädchen weggegangen? Was könnte sie gedacht haben? Was hättest du an ihrer Stelle gemacht?

8 Das einzige Tier im Text ist die Schnecke. Was kann sie symbolisieren? Vergleiche jetzt deine Interpretation mit der folgenden und sage, ob sie plausibel ist. Begründe dann deine Antwort!

> *Sie wurde früh als Bild des weiblichen Geschlechtsteils gesehen und somit als Symbol für Fruchtbarkeit, das heißt auch Geburt und Wiedergeburt...*
> *Sie erinnert an die sich ständig ändernde Gestalt des Mondes und ist deshalb ein Symbol für die stetige Erneuerung.*

9 Wie wirken Gewitter auf dich? Positiv oder negativ? Begründe deine Antwort!

10 Kannst du eine persönliche Geschichte in Zusammenhang mit einem Gewitter erzählen?

11 Welche Stilmittel sind im Text vorhanden? Kreuze an und finde Beispiele dafür. Was bezweckt Borchert damit?

- Anapher
- Vergleich
- Lautmalerei
- Metapher
- Akkumulation
- Personifikation
- Endreim
- Wortspiel
- Alliteration
- Hyperbel

12 Borchert benutzt Synästhesien als Stilmittel, d. h. die Verknüpfung verschiedener Empfindungen; Miterregung eines Sinnesorganes (siehe Tabelle auf S. 27), indem ein anderes gereizt wird: Farben beim Hören, Klänge beim Sehen usw., aus dem Griechischen ‚synairesis' = zusammennehmen. Finde Beispiele dafür und erkläre ihre Funktion im Text! Was bezweckt Borchert mit der Beschreibung so vieler Empfindungen?

13 Schreibe eine Geschichte oder ein Gedicht mit den Worten in der ersten Tabelle auf S. 27.

Die Mauer

VORENTLASTUNG

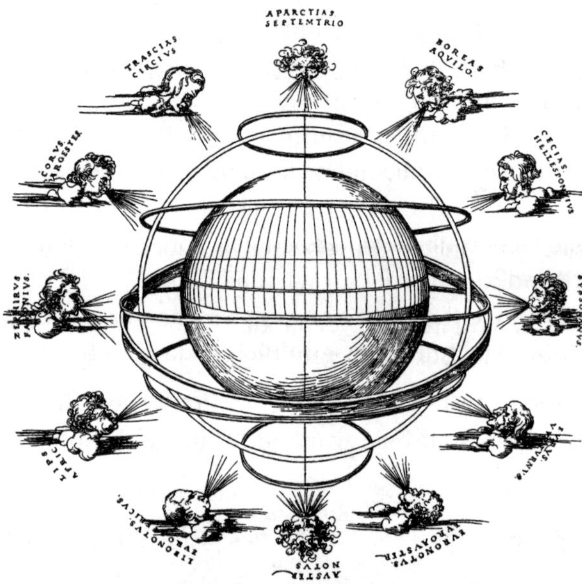

Albrecht Dürer, *Armillarsphäre*

Beantworte folgende Fragen!

1 Was siehst du? Was assoziierst du mit diesem Bild?

2 Welche Gefühle erweckt bei dir dieses Bild?

- Neugierde
- Gleichgültigkeit
- Langeweile
- Ruhe

Oder...?

Die Mauer

Zuletzt bleibt nur der Wind. Wenn alles nicht mehr sein wird, Tränen, Hunger, Motor und Musik, dann wird nur noch der Wind sein. Er überdauert [1] alles, Stein und Straße, selbst die unsterbliche Liebe. Und er wird in dem kahlen [2] Gesträuch [3] über unsern verschneiten [4] Gräbern tröstlich [5] singen. Und er wird an den Sommerabenden mit den süßen Blumen verliebt tun und ihnen zum Tanz spielen – heute, morgen, immer.

Er ist die erste und letzte große Symphonie des Lebens und sein Atem ist die ewige Melodie, die über Wiege [6] und Sarg [7] singt. Und neben seinem Raunen [8], Orgeln [9], Lispeln [10], Donnern und Pfeifen hat nichts anderes Bestand [11]. Auch der Tod nicht, denn der Wind singt über den Kreuzen und Knochen und wo er singt, da ist das Leben. Denn die Blumen sind ihm verfallen [12] und sie lachen über den knochigen Tod, die Blumen und der Wind.

Weise ist der Wind; denn er ist alt wie das Leben.

Weise ist der Wind, weitlungig [13] und weich [14] kann er säuseln [15], wenn er will.

Sein Atem ist eine Macht und es gibt nichts, das ihn hindert [16].

Es war eine vereinsamte, zerborstene [17] alte Mauer, die einmal zu einem Haus gehört hatte. Nun stand sie wankend [18] und sah hohläugig [19] nach dem

---

neue Rechtschreibung

a **Laß** = Lass
b **wußte** = wusste
c **Schluß** = Schluss
d **daß** = dass
e **riß** = riss
f **vergeßlichen** = vergesslichen
g **Haß** = Hass
h **tat es ihr leid** = tat es ihr Leid
i **mußte** = musste

---

1 **überdauern** : etw. länger leben als etw.
2 **kahl** : nackt, ohne Blätter
3 **s Gesträuch (mst. Sg.)** : Gebüsch
4 **verschneien** : ganz und gar vom Schnee bedeckt werden
5 **tröstlich** : beruhigend, ermutigend
6 **e Wiege (-n)** : Bett für Säuglinge, das auf abgerundeten Brettern steht
7 **r Sarg (-¨e)** : Kasten aus Holz, in dem ein Toter ins Grab gelegt wird
8 **s Raunen (nur Sg.)** : das gleichzeitige leise Sprechen vieler Leute
9 **s Orgeln (nur Sg.)** : das Sausen, das Brausen des Windes mit tiefem Ton
10 **s Lispeln (nur Sg.)** : ein dem Flüstern ähnliches Geräusch verursachen
11 **r Bestand (nur Sg.)** : Fortdauer, das Existieren in der Zukunft
12 **j/m etw. verfallen sein** : nicht ohne j/n etw leben können
13 **weitlungig** : tief
14 **weich** : mild, sanft, zart
15 **säuseln** : leicht und leise wehen, leise rauschen
16 **hindern** : j/n bei etw. stören, hemmen
17 **zerborsten** : zerbrochen, gerissen
18 **wanken** : unsicher stehen, schwanken
19 **hohläugig** : mit tiefliegenden Augen

Sinn ihres Lebens aus.

Und sie hob sich dunkel in den Himmel, drohend [20], demütig [21], verlassen.

Als der Abendwind sie in seine weichen Arme nahm, schwankte [22] sie leise und seufzte. Seine Umarmungen waren warm und weich, denn die Mauer war alt und gebrechlich und traurig geworden. Seine Umarmung tat ihr gut, sie war so weich, und sie seufzte noch einmal.

Was hast du? fragte zärtlich [23] der junge Wind.

Ich bin einsam. Ich bin sinnlos. Ich bin tot – seufzte die alte Mauer.

Ach, du bist traurig, weil sie dich vergessen haben. Du hast sie ein Leben lang geschützt, ihre Wiegen, ihre Hochzeiten, ihre Särge. Aber sie haben dich vergessen.

Laß [a] sie, die Welt ist undankbar – das wußte [b] der junge Wind, der so weise war.

Ja, sie haben mich vergessen. Ich habe meinen Sinn verloren. Oh, sie sind undankbar, die Menschen – klagte [24] die alte Mauer.

Mach Schluß [c]! – hetzte [25] der Wind.

Wieso? fragte die Mauer.

Räche dich [26] – wisperte [27] der Wind.

Wie denn? wollte sie wissen.

Stürze [28] – raunte er wollüstig [29].

Warum? gab sie zitternd zurück.

Da bog der junge Wind die alte Mauer etwas vor, daß [d] ihre steifen [30] Knochen knisterten [31] und sie sah, wie zu ihren Füßen tief unten die Menschen vorbeihasteten [32], die undankbaren Menschen. Und sie bebte [33] am ganzen Körper, die alte, verlassene Mauer, als sie die Menschen wiedersah und als sie den Wind fragte: Stürzen?

Kann – ich – stürzen?

20 **drohen** : j/m zeigen, dass man z. B. schlagen wird

21 **demütig** : unterwürfig

22 **schwanken** : wenn etw. sich auf der Stelle langsam hin und her oder auf und ab bewegt

23 **zärtlich** : ruhig und sanft

24 **klagen** : jammern, lamentieren

25 **hetzen** : j/m befehlen, etw. zu tun

26 **sich an j/m für etw. rächen** : j/n für etw. Böses bestrafen, das er einem getan hat

27 **wispern** : flüstern, etw. sehr leise sagen

28 **stürzen** : plötzlich stark fallen

29 **wollüstig** : voller Wonne, voller Freude

30 **steif** : ziemlich hart, sodass man die Form nur schwer verändern kann

31 **knistern** : bei Bewegung feine, leise und hell knackende, raschelnde Laute von sich geben

32 **vorbeihasten** : vorbeieilen

33 **beben** : zittern, sich heftig bewegen

Willst du? Dann kannst du – orakelte der weltweise Wind.

Ich will es versuchen – seufzte die Mauer – ja!

Dann stürze! Schrie der Wind und riß[e] sie in seine jungen Arme und bog sie und drängte sich[34] an sie und hob sie ein wenig und brach sie. Dann ließ er sie los, und sie stürzte.

Weit neigte sie sich vor. Tief unter ihr wimmelten[35] die undankbaren, vergeßlichen[f], treulosen Menschlein, denen sie ihr Leben lang eine treue Mauer gewesen war. Und als sie die kleinen Menschen so winzig[36] und fleißig wimmeln sah, da vergaß sie ihren Haß[g] und ihre Rache. Denn eigentlich liebte sie die Menschen, die wimmelnden, winzigen. Und da tat es ihr leid[h] und sie wollte sich noch im letzten Augenblick wieder aufrichten.

Aber da war der Wind auf der Hut[37]. Und er gab der alten gebrechlichen Mauer einen Fußtritt[38], daß sie krachend[39] und kreischend[40] auf die Straße niedersauste[41].

Sie erschlug[42] eine ältere Frau und zwei Kinder und einen jungen Mann, der gerade aus dem Krieg nach Hause kam. Laut schrie sie auf, die sterbende, zerbrochene alte Mauer und fragte mit ihrem letzten knisternden Atem den jungen Wind:

Warum? Warum hast du das getan? Ich liebte sie doch!

Aber der Wind lachte, als es mit der Mauer zu Ende ging. Er hatte überschüssige[43] Kraft und war uralt an Weisheit. Er lachte über das Leben, denn er wußte, daß es so kommen mußte[i]. Und er hatte kein Herz, der uralte junge Wind.

Aber er konnte weich sein, wenn er wollte. Und so sang er die alte Mauer, die unter Seufzern starb, weil sie vier Menschen erschlug, in den ewigen Schlaf.

Aber dann lacht er wieder, der junge Wind, denn er überdauert alles: Stein und Straße und selbst die unsterbliche Liebe.

34 **sich drängen** : andere drücken oder schieben, damit man ein Ziel erreicht

35 **wimmeln** : sich rasch und ungeordnet in großer Zahl bewegen, wie die Insekten

36 **winzig** : sehr klein, sehr gering, ohne Bedeutung

37 **auf der Hut sein** : sich in Acht nehmen, vorsichtig und misstrauisch sein

38 **r Fußtritt (-e)** : Stoß mit dem Fuß

39 **krachen** : ein kurzes lautes Geräusch, wie zwei harte Gegenstände, die heftig zusammemstoßen

40 **kreischen** : laut und schrill klingen

41 **niedersausen** : nach unten schwer fallen

42 **erschlagen** : j/n durch einen oder mehrere Schläge töten

43 **überschüssig** : zu viel

TEXTVERSTÄNDNIS

1 Richtig oder falsch? Kreuze an!

		R	F
1	Der Wind und eine Mauer sprechen miteinander	☐	☐
2	Die Mauer fühlt sich allein und trostlos	☐	☐
3	Der Wind hat die Menschen immer geschützt	☐	☐
4	Die Menschen vergessen schnell, wenn der Wind weht	☐	☐
5	Der Wind lässt die Mauer stürzen	☐	☐
6	Beim Stürz sterben sechs Personen	☐	☐
7	Die Mauer ist damit zufrieden, dass sie sich gerächt hat	☐	☐
8	Der Wind kann gleichzeitig gut und erbarmungslos sein	☐	☐

2 Teile die Kurzgeschichte in Sinnabschnitte und gib ihnen einen passenden Titel!

VERSTÄNDNISERWEITERUNG

Beantworte folgende Fragen!

1 Wie ist der Wind?

2 Wie war die Mauer?

3 Warum war die Mauer traurig?

4 Warum sollte sich die Mauer rächen?

5 Wie stürzte die Mauer?

6 Warum vergaß die Mauer ihre Rache?

7 Wie viele Personen starben bei dem Stürz? Wer waren sie?

8 Warum lachte der Wind?

Sage es mit anderen Worten!

1 Z. 2-3 Er überdauert alles

2 Z. 25 Ich bin sinnlos

3 Z. 53 da vergaß sie ihren Haß und ihre Rache

4 Z. 57 Aber da war der Wind auf der Hut

5 Z. 65 als es mit der Mauer zu Ende ging

6 Z. 67 Und er hatte kein Herz

Wie heißt das Gegenteil?

1 Z. 13 weise → ....
2 Z. 25 einsam → ....
3 Z. 29 undankbar → ....
4 Z. 51 treulos → ....
5 Z. 52 winzig → ....
6 Z. 66 überschüssige Kraft → ....

TIEFERE ARBEIT AM TEXT

1 Gib der Kurzgeschichte einen anderen passenden Titel!

2 Schreibe eine Zusammenfassung und benutze dabei folgende Wörter:

Wind Mauer Menschen Leben Rache Tod

3 Sammle alle Wörter bzw. Ausdrücke, die sich auf Leben und Tod beziehen. Was bezweckt Borchert mit diesem Dualismus?

LEBEN	TOD

4 Warum hat Borchert deiner Meinung nach gerade eine Mauer als Hauptfigur seiner Kurzgeschichte gewählt? Versuche zu antworten und lies danach folgende symbolische Interpretation:

(Die Mauer) ...hat aber dazu den Symbolgehalt der starken, schützenden Mütterlichkeit. Das ist ein Zeichen der Grenze.

Überzeugt sie dich? Begründe deine Antwort!

5 Die alte Mauer sucht nach dem Sinn ihres Lebens. Wo ist für dich der Sinn deines Lebens?

6 Der Wind taucht in der Kurzgeschichte neben der Mauer auf. Was symbolisiert er? Antworte und lies danach folgende Interpretation von dem Wind:

> *Als eigentlich Unsichtbares konnte er auch leicht zum allgemeinen Bild des Geistes oder Götterboten, im individuelleren Sinn zum Bild der Seele werden.*
>
> *Das Bild des Windes wird im Alten Testament entweder für Gott selbst oder seine Engel benutzt.*

Bist du damit einverstanden? Begründe deine Antwort!

7 Wie ist der Ton der ganzen Geschichte?

- feierlich
- gespannt
- dramatisch
- ironisch
- traurig
- ernst
- froh
- skeptisch

8 Durch welche Stilmittel gelingt es Borchert, diesen Ton zu kreieren?

9 Am Anfang und am Ende findet man denselben Satz. Welchen? Was kann er bedeuten? Und warum endet Borchert die Kurzgeschichte genau mit diesen Worten?

10 In der Kurzgeschichte taucht ein Oxymoron auf, d. h. die Kombination von sich ausschließenden Begriffen. Finde es und erkläre seine Funktion im Text.

11 Welche Tempora benutzt Borchert? In welchen Textstellen? Ist es zufällig? Was denkst du?

Jenseits

Radi

VORENTLASTUNG

Jindra Capek, *Die kurzeste Gespenstergeschichte*, Zeichnung

Beantworte folgende Fragen!

1 Was siehst du auf dem Bild?

2 Was für eine Geschichte erwartest du? Kreuze an!

- eine Horrorgeschichte
- eine geheimnisvolle Geschichte
- ein Märchen
- eine heitere Geschichte
- eine traurige Geschichte
- eine lustige Geschichte

Oder...?

Radi

Heute nacht[a] war Radi bei mir. Er war blond wie immer und er lachte in seinem weichen[1] breiten Gesicht. Auch seine Augen waren wie immer: etwas ängstlich und etwas unsicher. Auch die paar blonden Bartspitzen hatte er.

Alles wie immer.

Du bist doch tot, Radi, sagte ich.

Ja antwortete er, lach bitte nicht.

Warum soll ich lachen?

Ihr habt immer gelacht über mich, das weiß ich doch. Weil ich meine Füße so komisch setzte und auf dem Schulweg immer von allerlei[2] Mädchen redete, die ich gar nicht kannte. Darüber habt ihr doch immer gelacht. Und weil ich immer etwas ängstlich war, das weiß ich ganz genau.

Bist du schon lange tot? fragte ich.

Nein, gar nicht, sagte er. Aber ich bin im Winter gefallen. Sie konnten mich nicht richtig in die Erde kriegen[3]. War doch alles gefroren. Alles steinhart.

Ach ja, du bist ja in Rußland[b] gefallen, nicht?

Ja, gleich im ersten Winter. Du, lach nicht, aber es ist nicht schön, in Rußland tot zu sein. Mir ist das alles so fremd. Die Bäume sind so fremd. So traurig, weißt du. Meistens sind es Erlen[4]. Wo ich liege, stehen lauter[5] traurige Erlen. Und die Steine stöhnen[6] auch manchmal. Weil sie russische Steine sein müssen. Und die Wälder schreien nachts. Weil sie russische Wälder sein müssen. Und der Schnee schreit. Weil er russischer Schnee sein muß[c]. Ja, alles ist fremd. Alles so fremd.

Radi saß auf meiner Bettkante[7] und schwieg.

Vielleicht haßt[d] du alles nur so, weil du da tot sein mußt[e], sagte ich.

---

neue Rechtschreibung

a **heute nacht** = heute Nacht
b **Rußland** = Russland
c **muß** = muss
d **haßt** = hasst
e **mußt** = musst
f **wußte** = wusste
g **gefaßt** = gefasst
h **recht haben** = Recht haben
i **daß** = dass

---

1 **weich** : sanft und glatt
2 **allerlei** : vieles, alles mögliche
3 **in die Erde kriegen** : beerdigen, begraben
4 **e Erle (-n)** : ein Laubbaum, der der Birke ähnlich sieht und an feuchten Orten wächst
5 **lauter** : nichts als, nur
6 **stöhnen** : seufzen, klagen, ausatmen und dabei einen tiefen Laut produzieren
7 **e Bettkante (-n)** : gerade Linie zwischen zwei Flächen des Bettes, die in einem bestimmten Winkel aufeinander treffen

Er sah mich an: Meinst du? Ach nein, du, es ist alles so furchtbar fremd. Alles. Er sah auf seine Knie. Alles ist so fremd. Auch man selbst.

Man selbst?

Ja, lach bitte nicht. Das ist es nämlich. Gerade man selbst ist sich so furchtbar fremd. Lach bitte nicht, du, deswegen bin ich nämlich heute nacht mal zu dir gekommen. Ich wollte das mal mit dir besprechen.

Mit mir?

Ja, lach bitte nicht, gerade mit dir. Du kennst mich doch genau, nicht?

Ich dachte es immer.

Macht nichts. Du kennst mich ganz genau. Wie ich aussehe, meine ich. Nicht wie ich bin. Ich meine, wie ich aussehe, kennst du mich doch, nicht?

Ja, du bist blond. Du hast ein volles Gesicht.

Nein, sag ruhig, ich habe ein weiches Gesicht. Ich weiß das doch.

Also –

Ja, du hast ein weiches Gesicht, das lacht immer und ist breit.

Ja, ja. Und meine Augen?

Deine Augen waren immer etwas – etwas traurig und seltsam [8] –

Du mußt nicht lügen. Ich habe sehr ängstliche und unsichere Augen gehabt, weil ich nie wußte [f], ob ihr mir das alles glauben würdet, was ich von den Mädchen erzählte. Und dann? War ich immer glatt im Gesicht?

Nein, das warst du nicht. Du hattest immer ein paar blonde Bartspitzen am Kinn [9]. Du dachtest, man würde sie nicht sehen. Aber wir haben sie immer gesehen.

Und gelacht.

Und gelacht.

Radi saß auf meiner Bettkante und rieb [10] seine Handfläche [11] an seinem Knie. Ja, flüsterte er, so war ich. Ganz genauso.

Und dann sah er mich plötzlich mit seinen ängstlichen Augen an.

Tust du mir bitte einen Gefallen, ja? Aber lach bitte nicht, bitte.

Komm mit.

Nach Rußland?

Ja, es geht ganz schnell. Nur für einen Augenblick. Weil du mich noch so gut kennst, bitte.

8 **seltsam** : sonderbar, komisch

9 **s Kinn (-e)** : der Teil des Gesichtes unterhalb des Mundes, der ein bisschen vorsteht

10 **reiben** : etw. fest auf etw. anderes drücken und es dabei hin und her bewegen

11 **e Handfläche (-n)** : die ganze innere Seite einer Hand

Er griff nach meiner Hand. Er fühlte sich an wie Schnee. Ganz kühl. Ganz lose[12]. Ganz leicht.

Wir standen zwischen ein paar Erlen. Da lag etwas Helles. Komm, sagte Radi, da liege ich. Ich sah ein menschliches Skelett, wie ich es von der Schule her kannte. Ein Stück braungrünes Metall lag daneben. Das ist mein Stahlhelm, sagte Radi, er ist ganz verrostet[13] und voll Moos[14].

Und dann zeigte er auf das Skelett. Lach bitte nicht, sagte er, aber das bin ich. Kannst du das verstehen? Du kennst mich doch. Sag doch selbst, kann ich das hier sein? Meinst du? Findest du das nicht furchtbar fremd? Es ist doch nichts Bekanntes an mir. Man kennt mich doch gar nicht mehr. Aber ich bin es. Ich muß es ja sein. Aber ich kann es nicht verstehen. Es ist so furchtbar fremd. Mit all dem, was ich früher war, hat das nichts mehr zu tun. Nein, lach bitte nicht, aber mir ist das alles so furchtbar fremd, so unverständlich, so weit ab.

Er setzte sich auf den dunklen Boden und sah traurig vor sich hin.

Mit früher hat das nichts mehr zu tun, sagte er, nichts, gar nichts.

Dann hob er mit den Fingerspitzen etwas von der dunklen Erde hoch und roch daran. Fremd, flüsterte er, ganz fremd. Er hielt mir die Erde hin[15]. Sie war wie Schnee. Wie seine Hand war sie, mit der er vorhin nach mir gefaßt[g] hatte: Ganz kühl. Ganz lose. Ganz leicht.

Riech, sagte er.

Ich atmete tief ein.

Na?

Erde, sagte ich.

Und?

Etwas sauer. Etwas bitter. Richtige Erde.

Aber doch fremd? Ganz fremd? Und doch so widerlich[16], nicht?

Ich atmete tief an der Erde. Sie roch kühl, lose und leicht. Etwas sauer. Etwas bitter.

Sie riecht gut, sagte ich. Wie Erde.

Nicht widerlich? Nicht fremd?

12 **lose :** nicht ganz fest, locker, beweglich

13 **verrostet** : rostig geworden und dadurch beschädigt

14 **s Moos (-e)** : Pflanze, die auf feuchtem Boden oder auf Bäumen wächst und dort kleine, grüne Polster bildet

15 **hinhalten** : etw. so halten, dass j/d anderer es nehmen oder sehen kann

16 **widerlich** : abscheulich, ekelhaft

Radi sah mich mit ängstlichen Augen an. Sie riecht doch so widerlich, du.

Ich roch.

Nein, so riecht alle Erde.

Meinst du?

Bestimmt.

Und du findest sie nicht widerlich?

Nein, sie riecht ausgesprochen[17] gut, Radi. Riech doch mal genau.

Er nahm ein wenig zwischen die Fingerspitzen und roch.

Alle Erde riecht so? fragte er.

Ja, alle.

Er atmete tief. Er steckte seine Nase ganz in die Hand mit der Erde hinein und atmete. Dann sah er mich an. Du hast recht[h], sagte er. Es riecht vielleicht doch ganz gut. Aber doch fremd, wenn ich denke, daß[i] ich das bin, aber doch furchtbar fremd, du.

Radi saß und roch und er vergaß mich und er roch und roch und roch. Und er sagte das Wort fremd immer weniger. Immer leiser sagte er es. Er roch und roch und roch.

Da ging ich auf Zehenspitzen[18] nach Hause zurück. Es war morgens um halb sechs. In den Vorgärten[19] sah überall Erde durch den Schnee. Und ich trat mit den nackten[20] Füßen auf die dunkle Erde im Schnee. Sie war kühl. Und lose. Und leicht. Und sie roch.

Ich stand auf und atmete tief. Ja, sie roch. Sie riecht gut, Radi, flüsterte ich. Sie riecht wirklich gut. Sie riecht wie richtige Erde. Du kannst ganz ruhig sein.

17 **ausgesprochen** : verwendet, um Adjektive oder Verben zu verstärken

18 **auf Zehenspitzen** : sich auf die Zehen stellen und so strecken, dass man etwas größer ist

19 **r Vorgarten (-¨)** : kleiner Garten vor dem Haus

20 **nackt** : bloß, ohne Schuhe

TEXTVERSTÄNDNIS

Richtig oder falsch? Kreuze an!

		R	F
1	Radi und der Ich-Erzähler waren Schulfreunde	☐	☐
2	Als Schulfreund lachte der Ich-Erzähler über Radi	☐	☐
3	Radi ist auf dem Schulweg gestorben	☐	☐
4	Radi wurde von einem Stein geschlagen	☐	☐
5	Radi hat sofort nach seinem Tod Ruhe gefunden	☐	☐
6	Radi kann nicht bewusst werden, dass er gestorben ist	☐	☐
7	Am Ende kommt Radi ins Leben zurück	☐	☐
8	Der Ich-Erzähler sagt Radi schließlich die richtigen Worte, damit er seine Ruhe finden kann	☐	☐

VERSTÄNDNISERWEITERUNG

Beantworte folgende Fragen!

1 Wo und wann treffen sich der Ich-Erzähler und Radi?

2 Was war Radi?

3 Wann und wo ist er gefallen?

4 Warum lachten die Kinder über Radi?

5 Warum kann Radi keine Ruhe finden?

6 Was will Radi vom Ich-Erzähler?

7 Wie reagiert darauf der Ich-Erzähler?

8 Wie riecht die Erde für den Ich-Erzähler?

9 Wie hat der Ich-Erzähler Radi geholfen?

10 Wie sieht Radi aus? Ergänze die Tabelle!

GESICHT	AUGEN	HAARE

Sage es mit anderen Worten!

1 Z. 13 ich bin im Winter gefallen
2 Z. 13-14 Sie konnten mich nicht richtig in die Erde kriegen
3 Z. 14 Alles steinhart
4 Z. 30 besprechen
5 Z. 34 Macht nichts
6 Z. 44 glatt im Gesicht
7 Z. 76 Er hielt mir die Erde hin
8 Z. 88 Nicht widerlich?
9 Z. 107 In den Vorgärten sah überall Erde durch den Schnee

Wie heißt das Gegenteil?

1 Z. 3 ängstlich und etwas unsicher → ....
2 Z. 14 steinhart → ....
3 Z. 17 fremd → ....
4 Z. 36 ein volles Gesicht → ....
5 Z. 58 kühl → ....
6 Z. 83 bitter → ....
7 Z. 84 widerlich → ....
8 Z. 104 leiser → ....

TIEFERE ARBEIT AM TEXT

1 Gib der Kurzgeschichte einen anderen passenden Titel!

2 Schreibe die Zusammenfassung und benutze dabei folgende Wörter:

Krieg tot Russland Erde
Skelett fremd riechen ruhig

3 Erkläre mit wenigen Wörtern die wichtigsten Themen der Kurzgeschichte!

4 Radi sagt: „...aber es ist nicht schön, in Rußland tot zu sein. Mir ist das alles so fremd" (Z. 16-17). Erkläre seine Worte!

5 Sammle alle Wörter bzw. Ausdrücke, die sich auf die Landschaft beziehen, wo Radi gefallen ist. Was für ein Ort ist das? Gefällt er dir? Warum?

6 Radi konnte seinen Tod nicht akzeptieren. Was kann deiner Meinung nach den Tod weniger schwierig machen?

7 Der Ich-Erzähler sieht in der Nacht seinen toten Freund Radi. Hast du auch übersinnliche Wahrnehmungen gehabt? Wenn ja, erzähle davon!

8 Welche Stilformen sind im Text vorhanden? Kreuze sie an und suche Beispiele dafür im Text!

- Monolog
- Dialog
- Selbstgespräch
- Beschreibung
- Brief
- indirekte Rede

9 Welche Funktion haben die zwei Naturbeschreibungen? (Z. 17-22; Z. 106-109).

10 In der ersten Naturbeschreibung (Z. 17-22) ist ein semantisches Gestaltungsmittel vorwiegend.
Welches? Kreuze an und suche Beispiele dafür!

- Symbol
- Personifikation
- Synästhesie
- Ironie

Was für eine Funktion hat es in dieser Beschreibung?

11 Finde einige Wörter bzw. Ausdrücke, die typisch für die gesprochene Sprache sind. Welche Funktion haben sie im Text?

Gottes Auge

VORENTLASTUNG

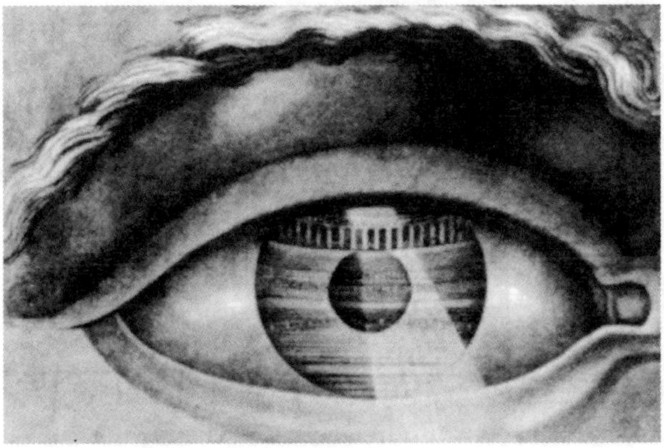

Odins Auge

Beantworte folgende Fragen!

1 Schau dir das Bild an. Was siehst du?

2 Hast du schon etwas Ähnliches gesehen? Wo?

3 Was kann das bedeuten?

Gottes Auge

Gottes Auge lag rund und rotgerändert [1/a] mitten in einem weißen Suppenteller. Der Suppenteller stand auf unserem Küchentisch. Blutfleckige Eingeweide [2] und das milchbleiche [3] Skelett eines größeren Fisches ließen den Küchentisch aussehen wie ein Schlachtfeld.

Das Auge in dem weißen Teller gehörte einem Kabeljau [4]. Der lag in großen weißfleischigen Stücken in unserem Topf und ließ sich kochen. Das Auge war ganz allein. Es war Gottes Auge.

Du mußt [b] nicht immer mit der Gabel das Auge auf dem Teller hin- und herrutschen [5] lassen, sagte meine Mutter.

Ich ließ das glatte [6] runde Auge durch die Kurven des Suppentellers sausen [7] und fragte: Warum denn nicht? Er merkt es doch nicht mehr. Er kocht doch.

Man spielt nicht mit einem Auge. Das Auge hat der liebe Gott genau so gemacht wie deins, sagte meine Mutter.

Während ich die sausende Rundfahrt des Kabeljauauges plötzlich abbrach [8], fragte ich: Das soll vom lieben Gott sein?

Natürlich, antwortete meine Mutter, das Auge gehört dem lieben Gott.

Nicht dem Kabeljau, bohrte [9] ich weiter.

Dem auch. Aber in der Hauptsache dem lieben Gott.

Als ich von dem Teller aufsah, merkte ich, daß [c] meine Mutter weinte. An diesem Tag, wo es bei uns Kabeljau gab, war mein Großvater gestorben. Meine Mutter weinte und ging hinaus. Da zog ich den Teller mit dem einsamen Auge mittendrin, mit dem rotgeränderten Auge, das Gott gehören

---

neue Rechtschreibung

a **rotgerändert** = rot gerändert

b **mußt** = musst

c **daß** = dass

d **faßte** = fasste

---

1 **rändern** : mit einem Rand versehen. (**r Rand (-¨e)** : der äußere Teil von etw.)

2 **e Eingeweide (nur Pl.)** : alle Organe, die in der Brust und im Bauch von Menschen und Tieren sind

3 **milchbleich** : weiß wie die Milch

4 **r Kabeljau (-e** oder **-s)** : ein relativ großer Raubfisch, der besonders im Atlantik gefangen wird

5 **hin- und herrutschen** : sich hin und her gleitend auf einer Fläche bewegen

6 **glatt** : gerade, eben, rutschig

7 **sausen** : sich sehr schnell bewegen

8 **abbrechen** : aufhören, unterbrechen

9 **bohren** : immer wieder fragen, um etw. zu erfahren

sollte, ganz dicht an mich [10] heran. Ganz dicht brachte ich meinen Mund über den Teller.

Du bist das Auge vom lieben Gott? flüsterte ich, dann kannst du wohl auch sagen, warum Großvater heute mit einmal [11] tot ist. Sag das, du!

Das Auge sagte es nicht.

Das weißt du nicht mal, wisperte [12] ich triumphierend, und du willst das Auge vom lieben Gott sein, und weißt nicht mal, warum Großvater tot ist. Kommt er denn auch nicht wieder, Großvater, fragte ich dicht über dem Teller, weißt du denn, ob er noch mal wiederkommt, du, sag das doch. Du mußt das doch wissen. Kommt er nun nie wieder?

Das Auge sagte es nicht.

Ganz dicht hielt ich meinen Mund an das Auge und fragte noch einmal eindringlich [13] und ernst: Du, sehen wir Großvater denn nicht wieder, du? Sag das doch. Sehen wir ihn noch mal wieder? Wir können ihn doch noch mal irgendwo treffen, nicht? Du, sag doch, treffen wir ihn wieder? Du, sag das, du bist doch vom lieben Gott, sag das!

Das Auge sagte es nicht. Da stieß ich den Teller wütend von mir weg. Das Auge glitschte [14] hoch über den Rand auf den Fußboden. Da blieb es liegen. Gespannt [15] sah ich hin. Das Auge lag auf der Erde. Und es war Gottes Auge. Gottes Auge lag auf der Erde. Aber er sagte nichts. Ich sah noch einmal hin.

Nein, Nichts. Ich stand auf. Ich stand langsam auf, um Gott Zeit zu lassen. Ganz langsam ging ich zur Küchentür. Ich faßte [d] nach dem Türgriff. Ich drückte ihn langsam herunter. Mit dem Rücken zu dem Auge hin wartete ich so noch einen langen langen Augenblick an der Küchentür. Es kam keine Antwort.

Gott sagte nichts. Da ging ich, ohne mich nach dem Auge umzusehen, laut [16] aus der Tür.

10 **dicht an + Akk.** : sehr eng beieinander, sehr nah

11 **mit einmal** : plötzlich

12 **wispern** : flüstern, sehr leise sagen

13 **eindringlich** : nachdrücklich

14 **glitschen** : rutschen, gleiten

15 **gespannt** : voller Erwartung darauf, dass etwas geschieht

16 **laut** : geräuschvoll, schrill, hörbar

TEXTVERSTÄNDNIS

Richtig oder falsch? Kreuze an!

		R	F
1	Der Protagonist und seine Mutter sind in der Küche	☐	☐
2	Es gibt Fleisch zum Essen	☐	☐
3	Der Protagonist spielt mit dem Auge des Fisches	☐	☐
4	Die Augen des Fisches sind wie diejenigen des Großvaters	☐	☐
5	Der Großvater starb drei Tage vorher	☐	☐
6	Der Großvater starb nach einer langen Krankheit	☐	☐
7	Der Protagonist fragt den Fisch, warum sein Vater gestorben ist	☐	☐
8	Der Protagonist hat den Eindruck, dass der Fisch ihm sagt, dass er seinen Großvater wieder treffen wird	☐	☐
9	Der Protagonist wird böse: er wirft den Teller mit dem Fisch weg	☐	☐
10	Gott gibt ihm keine Antwort	☐	☐
11	Er glaubt, Gott vor der Tür zu sehen	☐	☐

VERSTÄNDNISERWEITERUNG

Beantworte folgende Fragen!

1 Wie viele Personen treten in der Kurzgeschichte auf?

2 Was essen sie?

3 Warum will die Mutter nicht, dass ihr Sohn mit dem Auge des Fisches spielt?

4 Warum weint die Mutter?

5 Wie ist der Großvater gestorben?

6 Was will der Protagonist vom Kabeljauauge wissen?

7 Erfährt er es?

8 Wie reagiert der Protagonist?

Vollende folgende Sätze!

1 Der Ich-Erzähler und seine Mutter ....

2 Zum Essen gibt es ....

3 Die Mutter will nicht, dass ...., weil ....

4 Da der Großvater gestorben ist, ...

5 Der Ich-Erzähler fragt Gottes Auge, warum ....

6 Da er keine Antwort bekommt, ...

Sage es mit anderen Worten!

1 Z. 18 bohrte ich weiter

2 Z. 19 in der Hauptsache

3 Z. 35 dicht

4 Z. 42 gespannt

5 Z. 47-48 Es kam keine Antwort

6 Z. 49 ohne mich nach dem Auge umzusehen

Wie heißt das Gegenteil?

1 Z. 15 plötzlich → ....

2 Z. 26 flüsterte → ....

3 Z. 36 ernst → ....

4 Z. 45 langsam → ....

5 Z. 50 laut → ....

TIEFERE ARBEIT AM TEXT

1 Gib der Kurzgeschichte einen anderen passenden Titel!

2 Schreibe eine Zusammenfassung und benutze dabei folgende Wörter:

Kabeljau Mutter Gottes Auge
Großvater Antwort Tür

3 Warum geht der Ich-Erzähler „laut aus der Tür"?

4 Wie kann man das Verhalten des Ich-Erzählers bezeichnen? Kreuze an und begründe deine Wahl!

- stolz
- störrisch
- hartnäckig
- impulsiv
- kindisch
- konkret
- komisch
- dumm

Oder.........?

5 Wie hättest du an seiner Stelle reagiert?

6 Was für ein Gottesbild entsteht in dieser Kurzgeschichte? Zu diesem Zweck sammle alle Wörter bzw. Ausdrücke, die sich auf Gottes Auge beziehen! Wozu so viele Wiederholungen?

7 „Gottes Auge" ist eine Bezeichnung, die mehrmals in der Bibel auftaucht. Was kann sie bedeuten?

8 Lies folgende Zitate aus der Bibel, in denen man vom Gottes Auge spricht. Sie helfen dir dabei, die Bedeutung von diesem Ausdruck zu verstehen:

Matthäus 6,16-34 7,1-5

22. Die Leuchte deines Leibes ist dein Auge; ist nun dein Auge klar, so wird dein ganzer Leib erleuchtet sein.

Hebräer 4, 9-16 5,1-14 6,1

13. Nichts Geschaffenes ist verborgen vor ihm, alles liegt nackt und offen vor den Augen dessen, vor dem wir Rede und Antwort schulden.

Vergleiche sie jetzt mit deiner vorherigen Antwort auf Frage 7. Hattest du sie richtig verstanden? Wenn nicht, bist du jetzt überzeugt oder...?

9 Was für Sätze benutzt Borchert, um seine Skepsis Gott gegenüber auszudrücken? Warum? Suche Beispiele dafür im Text!

- Fragen
- Nebensätze
- Aussagesätze
- Imperativsätze

10 In Bezug auf den Wortschatz, welche Wörter benutzt Borchert am meisten? Wozu?

- zusammengesetzte Wörter
- veraltete Wörter
- fremde Wörter
- schwierige Wörter
- einfache Wörter
- mehrdeutige Wörter

11 Welche der folgenden Adjektive treffen auf die ganze Geschichte? Begründe deine Wahl!

- grotesk
- symbolisch
- ironisch
- tragisch
- romantisch
- märchenhaft

Krieg und seine Folgen

Nachts schlafen die Ratten doch

VORENTLASTUNG

Dresden, 1945

Beantworte folgende Fragen!

1 Was siehst du auf dem Foto?

2 Was erweckt bei dir dieses Foto? Kreuze an!

- Ärger
- Wut
- Langeweile
- Gleichgültigkeit

Oder...?

3 Was weißt du schon über den Zweiten Weltkrieg? Informiere dich darüber auch durch deine Lehrer und das Geschichtsbuch!

Nachts schlafen die Ratten doch

Das hohle[1] Fenster in der vereinsamten Mauer gähnte[2] blaurot voll früher Abendsonne. Staubgewölke[3] flimmerte[4] zwischen den steilgereckten[a] Schornsteinresten[5]. Die Schuttwüste[6] döste[7]. Er hatte die Augen zu. Mit einmal wurde es noch dunkler. Er merkte, daß[b] jemand gekommen war und nun vor ihm stand, dunkel, leise. Jetzt haben sie mich! dachte er. Aber als er ein bißchen[c] blinzelte[8], sah er nur zwei etwas ärmlich behoste[9] Beine. Die standen ziemlich krumm[10] vor ihm, daß er zwischen ihnen hindurchsehen konnte. Er riskierte ein kleines Geblinzel an den Hosenbeinen hoch und erkannte einen älteren Mann. Der hatte ein Messer und einen Korb[11] in der Hand. Und etwas Erde an den Fingerspitzen.

Du schläfst hier wohl, was? fragte der Mann und sah von oben auf das Haargestrüpp[12] herunter. Jürgen blinzelte zwischen den Beinen des Mannes hindurch in die Sonne und sagte: Nein, ich schlafe nicht. Ich muß[d] hier aufpassen. Der Mann nickte[13]: So, dafür hast du wohl den großen Stock da?

Ja, antwortete Jürgen mutig und hielt den Stock fest.

Worauf paßt[e] du denn auf?

---

neue Rechtschreibung

- a **steilgereckten** = steil gereckten
- b **daß** = dass
- c **bißchen** = bisschen
- d **muß** = muss
- e **paßt** = passt
- f **wieviel** = wie viel
- g **wußte** = wusste
- h **soviel** = so viel
- i **mußt** = musst
- l **faßte** = fasste
- m **hierbleiben** = hier bleiben
- n **müßt** = müsst

---

1 **hohl** : leer

2 **gähnen** : den Mund weit öffnen und tief atmen

3 **s Staubgewölke (nur Sg.)** : Ansammlung von Wolken aus Staub

4 **flimmern** : unruhig glänzen, funkeln, leuchten

5 **r Schornsteinrest (-e)** : was von dem Schornstein bleibt. (**r Schornstein (-e)** : der bis über das Dach geführte Kanal zum Abzug für die Rauchgase der Feuerstätten)

6 **e Schuttwüste (-n)** : die von den Steinen, von den Resten der Häuser verursachte Trostlosigkeit

7 **dösen** : schlafen

8 **blinzeln** : ansehen, blicken

9 **behost** : mit Hosen bekleidet

10 **krumm** : bogenförmig, nicht gerade

11 **r Korb (-¨e)** : leichter Behälter aus geflochtenen Streifen

12 **s Haargestrüpp (mst. Sg.)** : ungepflegte Haare, die fast das Aussehen eines wilden Busches haben

13 **nicken** : den Kopf mehrmals kurz nach vorne beugen, besonders um „ja" auszudrücken oder um zu zeigen, dass man mit etw. einverstanden ist.

Das kann ich nicht sagen. Er hielt die Hände fest um den Stock.

Wohl auf Geld, was? Der Mann setzte den Korb ab und wischte das Messer an seinem Hosenboden [14] hin und her.

Nein, auf Geld überhaupt nicht, sagte Jürgen verächtlich [15]. Auf ganz etwas anderes.

Na, was denn?

Ich kann es nicht sagen. Was anderes eben.

Na, denn nicht. Dann sage ich dir natürlich auch nicht, was ich hier im Korb habe. Der Mann stieß mit dem Fuß an den Korb und klappte das Messer zu [16].

Pah, kann mir denken, was in dem Korb ist, meinte Jürgen geringschätzig [17], Kaninchenfutter [18].

Donnerwetter, ja! sagte der Mann verwundert, bist ja ein fixer Kerl [19]. Wie alt bist du denn?

Neun.

Oha, denk mal an, neun also. Dann weißt du ja auch, wieviel [f] drei mal neun sind, wie?

Klar, sagte Jürgen, und um Zeit zu gewinnen, sagte er noch: Das ist ja ganz leicht. Und er sah durch die Beine des Mannes hindurch. Dreimal neun, nicht? fragte er noch einmal, siebenundzwanzig. Das wußte [g] ich gleich.

Stimmt, sagte der Mann, und genau soviel [h] Kaninchen habe ich.

Jürgen machte einen runden Mund [20]: Siebenundzwanzig?

Du kannst sie sehen. Viele sind noch ganz jung. Willst du?

Ich kann doch nicht. Ich muß aufpassen, sagte Jürgen unsicher.

Immerzu? fragte der Mann, nachts auch?

Nachts auch. Immerzu. Immer. Jürgen sah an den krummen Beinen hoch. Seit Sonnabend schon, flüsterte er.

Aber gehst du denn gar nicht nach Hause? Du mußt [i] doch essen.

Jürgen hob einen Stein hoch. Da lag ein halbes Brot. Und eine Blechschachtel [21].

14 **r Hosenboden (-¨)** : Hosensaum, die Sitzfläche der Hosen

15 **verächtlich** : voller Verachtung, (wenn man etw. für wertlos oder schlecht hält)

16 **zuklappen** : etw. schließen, sodass ein knallendes oder dumpfes Geräusch entsteht

17 **geringschätzig** : abschätzig, verächtlich

18 **s Kaninchenfutter (nur Sg.)** : Nahrung für Kaninchen

19 **ein fixer Kerl** : ein aufgeweckter, intelligenter Junge, der schnell denken kann

20 **einen runden Mund machen** : erstaunt, ungläubig sein

21 **e Blechschachtel (-n)** : ein ziemlich kleiner Behälter aus Blech mit einem Deckel

Du rauchst? fragte der Mann, hast du denn eine Pfeife[22]?

Jürgen faßte[l] seinen Stock fest an und sagte zaghaft[23]: Ich drehe[24]. Pfeife mag ich nicht.

Schade, der Mann bückte sich zu seinem Korb, die Kaninchen hättest du ruhig mal ansehen können. Vor allem die Jungen. Vielleicht hättest du dir eines ausgesucht[25]. Aber du kannst hier ja nicht weg.

Nein, sagte Jürgen traurig, nein nein.

Der Mann nahm den Korb hoch und richtete sich auf. Na ja, wenn du hierbleiben[m] mußt – schade. Und er drehte sich um.

Wenn du mich nicht verrätst[26], sagte Jürgen da schnell, es ist wegen den Ratten.

Die krummen Beine kamen einen Schritt zurück: Wegen den Ratten?

Ja, die essen doch von Toten. Von Menschen. Da leben sie doch von.

Wer sagt das?

Unser Lehrer.

Und du paßt nun auf die Ratten auf? fragte der Mann.

Auf die doch nicht! Und dann sagte er ganz leise: Mein Bruder, der liegt nämlich da unten. Da. Jürgen zeigte mit dem Stock auf die zusammengesackten[27] Mauern. Unser Haus kriegte[28] eine Bombe. Mit einmal war das Licht weg im Keller. Und er auch. Wir haben noch gerufen. Er war viel kleiner als ich. Erst vier. Er muß hier ja noch sein. Er ist doch viel kleiner als ich.

Der Mann sah von oben auf das Haargestrüpp. Aber dann sagte er plötzlich: Ja, hat euer Lehrer euch denn nicht gesagt, daß die Ratten nachts schlafen?

Nein, flüsterte[29] Jürgen und sah mit einmal ganz müde aus, das hat er nicht gesagt.

Na, sagte der Mann, das ist aber ein Lehrer, wenn er das nicht mal weiß. Nachts schlafen die Ratten doch. Nachts kannst du ruhig nach Hause gehen. Nachts schlafen sie immer. Wenn es dunkel wird, schon.

Jürgen machte mit seinem Stock kleine Kuhlen[30] in den Schutt. Lauter[31] kleine Betten sind das, dachte er, alles kleine Betten.

22 **e Pfeife (-n)** : ein schmales Rohr mit einem dicken, runden Ende, mit dem man Tabak raucht

23 **zaghaft** : ängstlich

24 **drehen** : Zigaretten runden

25 **aussuchen** : wählen, finden

26 **verraten** : j/m etw. sagen oder zeigen, das geheim bleiben sollte (ein Geheimnis, ein Versteck, einen Plan)

27 **zusammensacken** : zusammembrechen, zusammensinken

28 **kriegen** : bekommen

29 **flüstern** : sehr leise sprechen

30 **e Kuhle (-n)** : eine nicht sehr tiefe Vertiefung im Boden

31 **lauter** : nur, nichts als

Da sagte der Mann (und seine krummen Beine waren ganz unruhig dabei): Weißt du was? Jetzt füttere[32] ich schnell meine Kaninchen, und wenn es dunkel wird, hole ich dich ab. Vielleicht kann ich eins mitbringen. Ein kleines oder, was meinst du?

Jürgen machte kleine Kuhlen in den Schutt. Lauter kleine Kaninchen. Weiße, graue, weißgraue. Ich weiß nicht, sagte er leise und sah auf die krummen Beine, wenn sie wirklich nachts schlafen.

Der Mann stieg über die Mauerreste weg auf die Straße. Natürlich, sagte er von da, euer Lehrer soll einpacken[33], wenn er das nicht mal weiß.

Da stand Jürgen auf und fragte: Wenn ich eins kriegen kann? Ein weißes vielleicht?

Ich will mal versuchen, rief der Mann schon im Weggehen, aber du mußt hier solange warten. Ich gehe dann mit dir nach Hause, weißt du? Ich muß deinem Vater doch sagen, wie so ein Kaninchenstall[34] gebaut wird. Denn das müßt[n] ihr ja wissen.

Ja, rief Jürgen, ich warte. Ich muß ja noch aufpassen, bis es dunkel wird. Ich warte bestimmt. Und er rief: Wir haben auch noch Bretter[35] zu Hause. Kistenbretter, rief er.

Aber das hörte der Mann schon nicht mehr. Er lief mit seinen krummen Beinen auf die Sonne zu. Die war schon rot vom Abend und Jürgen konnte sehen, wie sie durch die Beine hindurchschien, so krumm waren sie. Und der Korb schwenkte aufgeregt hin und her. Kaninchenfutter war da drin. Grünes Kaninchenfutter, das war etwas grau vom Schutt.

TEXTVERSTÄNDNIS

Richtig oder falsch? Kreuze an!

		R	F
1	Es ist Abend	☐	☐
2	Die Kurzgeschichte spielt sich in den Trümmern einer Stadt ab	☐	☐
3	Der Junge hat ein Messer	☐	☐
4	Der Junge muss sehr aufmerksam sein	☐	☐
5	Der Mann hat Geld im Korb	☐	☐

32 **füttern** : einem Tier seine Nahrung, sein Futter geben

33 **einpacken (gespr.)** : aufgeben müssen

34 **r Kaninchenstall (-¨e)** : ein Raum oder Gebäude, in dem man Kaninchen hält und füttert

35 **s Brett (-er)** : ein langes, flaches und relativ breites geschnittenes Stück Holz

		R	F
6	Der Junge ist 27 Jahre alt	☐	☐
7	Der Mann raucht die Pfeife	☐	☐
8	Der Junge muss wegen der Ratten wach bleiben	☐	☐
9	Der Lehrer soll hierher kommen	☐	☐
10	Während eines Bombenangriffs hat der Junge seinen Bruder und sein Haus verloren	☐	☐
11	Der Junge möchte ein schwarzes Kaninchen haben	☐	☐
12	Der Junge muss warten, bis die Nacht ankommt	☐	☐

VERSTÄNDNISERWEITERUNG

Beantworte folgende Fragen!

1 Wie viele Leute treten in der Kurzgeschichte auf?

2 Wie heißt der Junge?

3 Was macht er hier?

4 Was hat der Mann im Korb?

5 Wie sehen Jürgen und der Mann aus? Ergänze die Tabelle!

JÜRGEN	MANN

6 Wie viele Kaninchen hat er?

7 Warum muss Jürgen aufpassen?

8 Seit wann passt Jürgen auf?

9 Wie alt war sein Bruder?

10 Auf welche Weise starb er?

11 Wie überzeugt der Mann Jürgen, sein Wach zu verlassen?

12 Was für ein Kaninchen möchte Jürgen haben?

13 Wie endet die Geschichte?

Sage es mit anderen Worten!

1 Z. 5 Jetzt haben sie mich

2 Z. 6 sah er nur zwei etwas ärmlich behoste Beine

3 Z. 51-52 Vielleicht hättest du dir eines ausgesucht

4 Z. 62 Und du passt nun auf die Ratten auf?

5 Z. 79 Jetzt füttere ich schnell meine Kaninchen

6 Z. 88 rief der Mann schon im Weggehen

Wie heißt das Gegenteil?

1 Z. 4 dunkel → ....

2 Z. 7 krumm → ....

3 Z. 15 fest → ....

4 Z. 45 halb → ....

5 Z. 48 zaghaft → ....

6 Z. 71 müde → ....

TIEFERE ARBEIT AM TEXT

1 Gib der Kurzgeschichte einen anderen passenden Titel!

2 Schreibe eine Zusammenfassung und benutze dabei folgende Wörter:

Mann Jürgen aufpassen
Kaninchenfutter Bruder Ratten Trümmer

3 Sammle alle Wörter bzw. Ausdrücke, die die Trostlosigkeit der Kriegszeit unterstreichen!

4 Was für einen Charakter zeigt Jürgen? Gefällt er dir?

5 Wie hat der Krieg auf Jürgen gewirkt?

6 In welchem Sinne kann man sagen, dass der Mann Jürgen geholfen hat?

7 Was für eine Erklärung findest du für die Ratten, die mehrmals im Text genannt werden? Lies danach folgende symbolische Interpretation und sage, ob sie plausibel ist. Begründe deine Antwort!

In Europa standen immer ihre (von den Ratten) vernichtende Fressgier und die Übertragung der Pest im Vordergrund. Sie ist hier eindeutig den bösen Hexenpraktiken zugeordnet und ein beliebtes Schimpfwort.

8 Du hast sicher bemerkt, dass bestimmte Farben mehrmals auftauchen. Welche Eindrücke erwecken bei dir diese Farben? Was für eine Bedeutung könnten sie haben? Ergänze die Tabelle!

FARBE	EINDRUCK	BEDEUTUNG/SYMBOL

Lies jetzt folgende Interpretation und vergleiche sie mit den Ergebnissen der vorherigen Übung:

Blau

...göttliche Farbe, da sie auf die Unendlichkeit sowohl des Himmels als auch der Tiefe des Wassers hinweist [...] Auch als Farbe des Bösen ist Blau belegt: Der Koran sagt, dass beim Jüngsten Gericht die Verbrecher an ihrer blauen Kleidung kenntlich sein werden. Und einige Mosaiken des Mittelalters zeigen die guten Engel in Weiß, die bösen dagegen in Blau.

Grau

Als Mischfarbe aus Schwarz und Weiß nimmt Grau entweder eine neutrale Stellung ein oder bezeichnet den Übergang zwischen den jeweils durch die Ursprungsfarben symbolisierten Zuständen.
Sozusagen als ein aufgehelltes Schwarz versinnbildlicht demnach Grau (wie die Asche) den Tod des Körpers, aber auch seine Auferstehung und die Unsterblichkeit der Seele.

Weiß

Weiß ist die Farbe des Lichts [...] Vielen Gottheiten wurde als Attribut diese Farbe zugeschrieben. So tritt Zeus „der Weiße" auf und verwandelt sich für seine Liebesabenteuer gern in weiße Tiere, einen weißen Schwan oder Stier [...] Im Alten Testament symbolisierte Weiß die Erlösung von allen Sünden.

Rot

...Farbe des Lebens, des Herzens und des lebendigen Blutes. Von daher entwickelte sie sich leicht zum Symbol der Liebe und der Leidenschaft [...] die meisten Menschen verbinden damit Assoziationen wie Liebe, ein Drittel aber auch Hass, Wut und Zorn.

Grün

...Farbe des Frühlings, als Farbe für die Natur überhaupt, den Neuanfang, das Gedeihen, den Überfluss, ja das Paradies selbst.

9 Auch anhand der vorherigen Übung, wie interpretierst du den letzten Satz: „Grünes Kaninchenfutter, das war etwas grau vom Schutt" (Z. 98-99)?

10 Welche Stilmittel sind hier vorhanden? Kreuze an und finde Beispiele dafür im Text!

- Dialog
- Briefform
- Ellipse
- Selbstgespräch
- Beschreibung
- Anapher
- Personifikation
- Oxymoron

11 Definiere das Sprachniveau der zwei Gesprächspartner. Kreuze an und begründe deine Wahl mit Beispielen aus dem Text!

- gehoben
- standard
- schlicht
- gesprochen
- gesucht
- familiär

12 Lies noch einmal diese zwei Beschreibungen: Z. 1-3 und Z. 95-99. Definiere auch hier das Sprachniveau. Kreuze an und begründe deine Wahl mit Beispielen aus dem Text!

- gehoben
- standard
- schlicht
- gesprochen
- gesucht
- familiär

13 Was bezweckt Borchert mit seinem manchmal hohen und manchmal familiären Stil?

Das Brot

VORENTLASTUNG

Flüchtlingsfamilie in Berlin

Beantworte folgende Fragen!

1 Was charakterisiert dieses Foto?

2 Welche Stimmung herrscht hier?

3 Woran könnte diese Frau denken?

Das Brot

Plötzlich wachte sie auf. Es war halb drei. Sie überlegte, warum sie aufgewacht war. Ach so! In der Küche hatte jemand gegen einen Stuhl gestoßen. Sie horchte [1] nach der Küche. Es war still. Es war zu still und als sie mit der Hand über das Bett neben sich fuhr, fand sie es leer. Das war es, was es so besonders still gemacht hatte: sein Atem fehlte. Sie stand auf und tappte [2] durch die dunkle Wohnung zur Küche. In der Küche trafen sie sich. Die Uhr war halb drei. Sie sah etwas Weißes am Küchenschrank stehen. Sie machte Licht. Sie standen sich im Hemd gegenüber. Nachts. Um halb drei. In der Küche.

Auf dem Küchentisch stand der Brotteller. Sie sah, daß [a] er sich Brot abgeschnitten hatte. Das Messer lag noch neben dem Teller. Und auf der Decke [3] lagen Brotkrümel [4]. Wenn sie abends zu Bett gingen, machte sie immer das Tischtuch sauber. Jeden Abend. Aber nun lagen Krümel auf dem Tuch. Und das Messer lag da. Sie fühlte, wie die Kälte der Fliesen [5] langsam an ihr hochkroch [6]. Und sie sah von dem Teller weg.

„Ich dachte, hier wär was", sagte er und sah in der Küche umher.

„Ich habe auch was gehört", antwortete sie und dabei fand sie, daß er nachts im Hemd doch schon recht alt aussah. So alt wie er war. Dreiundsechzig. Tagsüber sah er manchmal jünger aus. Sie sieht doch schon alt aus, dachte er, im Hemd sieht sie doch ziemlich alt aus. Aber das liegt [7] vielleicht an den Haaren. Bei den Frauen liegt das nachts immer an den Haaren. Die machen dann auf einmal [8] so alt.

---

neue Rechtschreibung

- a **daß** = dass
- b **muß** = muss
- c **iß** = iss
- d **tat er ihr leid** = tat er ihr Leid

---

1 **horchen** : aufmerksam zuhören

2 **tappen** : sich langsam, vorsichtig und unsicher fortbewegen

3 **e Decke (-n)** : ein Stück aus Stoff zum Bedecken vom Tisch

4 **r Brotkrümel (-)** : ein sehr kleines Stück Brot

5 **e Fliese (-n)** : kleine Platte (mst. aus Keramik oder Stein), die man auf die Wand oder auf den Fußboden klebt

6 **hochkriechen** : sich nach oben auf Händen und Knien fortbewegen

7 **etw. an j/m liegen** : etw. wird von j/m oder etw. verursacht, von j/m oder etw. abhängig sein

8 **auf einmal** : plötzlich

„Du hättest Schuhe anziehen sollen. So barfuß auf den kalten Fliesen. Du erkältest dich noch."

Sie sah ihn nicht an, weil sie nicht ertragen[9] konnte, daß er log. Daß er log, nachdem sie neununddreißig Jahre verheiratet waren.

„Ich dachte, hier wäre was", sagte er noch einmal und sah wieder so sinnlos von einer Ecke in die andere, „ich hörte hier was. Da dachte ich, hier wäre was."

„Ich hab auch was gehört. Aber es war wohl nichts." Sie stellte den Teller vom Tisch und schnippte[10] die Krümel von der Decke.

„Nein, es war wohl nichts", echote[11] er unsicher.

Sie kam ihm zu Hilfe: „Komm man. Das war wohl draußen. Komm man zu Bett. Du erkältest dich noch. Auf den kalten Fliesen."

Er sah zum Fenster hin. „Ja, das muß[b] wohl draußen gewesen sein. Ich dachte, es wäre hier."

Sie hob die Hand zum Lichtschalter[12]. Ich muß das Licht jetzt ausmachen, sonst muß ich nach dem Teller sehen, dachte sie. Ich darf doch nicht nach dem Teller sehen. „Komm man", sagte sie und machte das Licht aus, „das war wohl draußen. Die Dachrinne[13] schlägt immer bei Wind gegen die Wand. Es war sicher die Dachrinne. Bei Wind klappert[14] sie immer."

Sie tappten sich beide über den dunklen Korridor zum Schlafzimmer. Ihre nackten Füße platschten auf den Fußboden. „Wind ist ja", meinte er. „Wind war schon die ganze Nacht."

Als sie im Bett lagen, sagte sie: „Ja, Wind war schon die ganze Nacht. Es war wohl die Dachrinne."

„Ja, ich dachte, es wäre in der Küche. Es war wohl die Dachrinne." Er sagte das, als ob er schon halb im Schlaf wäre.

Aber sie merkte, wie unecht[15] seine Stimme klang, wenn er log. „Es ist kalt", sagte sie und gähnte leise, „ich krieche unter die Decke. Gute Nacht."

9 **ertragen** : etw. Unangenehmes akzeptieren

10 **schnippen** : etw. mit schneller Bewegung der Finger werfen

11 **echoen** : widerhallen, nachsprechen

12 **r Lichtschalter (-)** : Schalter für elektrische Beleuchtung

13 **e Dachrinne (-n)** : eine Rinne, oft aus Blech, am Rande eines Daches, durch die das Regenwasser abfließt.

14 **klappern** : durch rasches Aneinanderschlagen zweier harter Gegenstände Geräusch machen

15 **unecht** : falsch

„Nacht", antwortete er und noch: „ja, kalt ist es schon ganz schön."

Dann war es still. Nach vielen Minuten hörte sie, daß er leise und vorsichtig kaute[16]. Sie atmete absichtlich tief und gleichmäßig, damit er nicht merken sollte, daß sie noch wach war. Aber sein Kauen war so regelmäßig, daß sie davon langsam einschlief.

Als er am nächsten Abend nach Hause kam, schob sie ihm vier Scheiben Brot hin. Sonst hatte er immer nur drei essen können.

„Du kannst ruhig vier essen", sagte sie und ging von der Lampe weg. „Ich kann dieses Brot nicht so recht vertragen. Iß[c] du man eine mehr. Ich vertrag es nicht so gut."

Sie sah, wie er sich tief über den Teller beugte[17]. Er sah nicht auf. In diesem Augenblick tat er ihr leid[d].

„Du kannst doch nicht nur zwei Scheiben essen", sagte er auf seinen Teller.

„Doch. Abends vertrag ich das Brot nicht gut. Iß man. Iß man."

Erst nach einer Weile setzte sie sich unter die Lampe an den Tisch.

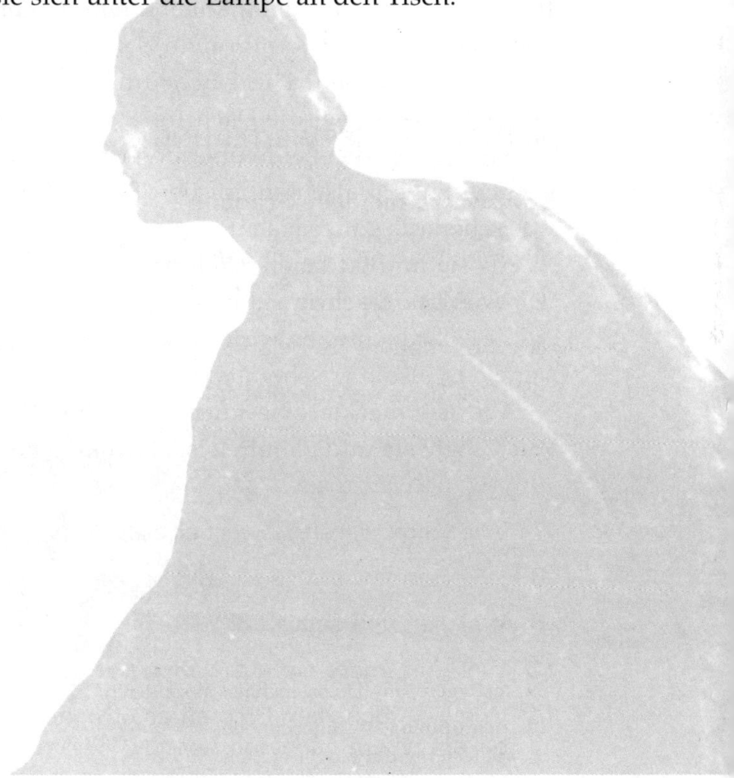

16 **kauen** : mit den Zähnen zerkleinern

17 **sich beugen** : den Oberkörper in eine bestimmte Richtung im Stand bewegen, sich aufrichten

TEXTVERSTÄNDNIS

Richtig oder falsch? Kreuze an!

		R	F
1	Die Frau hörte ein Geräusch in der Küche	☐	☐
2	Ihr Mann war neben ihr eingeschlafen	☐	☐
3	In der Küche fand sie ihren Mann	☐	☐
4	Die Frau machte immer um halb drei das Tischtuch sauber	☐	☐
5	Der Mann war jünger als 63 Jahre	☐	☐
6	Die Frau war 39 Jahre alt	☐	☐
7	Es war kalt in der Küche. Die Frau schlug vor, ins Bett zu gehen	☐	☐
8	Die Dachrinne hatte das Geräusch verursacht	☐	☐
9	Der Mann kaute Brot vorsichtig im Bett	☐	☐
10	Die Frau beschloss, am nächsten Abend nur zwei Scheiben Brot zu essen	☐	☐

VERSTÄNDNISERWEITERUNG

Beantworte folgende Fragen!

1 Wen traf die Frau in der Küche?

2 Was sah die Frau auf dem Tisch?

3 Was machte der Mann um halb drei dort?

4 Was für eine Ausrede fand er?

5 Wie sah das Paar aus?

6 Wie alt waren sie?

7 Wie lange waren sie verheiratet?

8 Wie kam sie ihm zu Hilfe?

9 Welche Lüge sagte er?

10 Warum atmete sie absichtlich tief und gleichmäßig?

11 Wie viele Scheiben Brot aß er gewöhnlich? Und wie viele Scheiben Brot bekam er am nächsten Abend? Warum?

Vollende folgende Sätze!

1 Um halb drei hörte sie ....

2 In der Küche ....

3 Auf dem Küchentisch stand .... und sie verstand, dass ....

4 Sie konnte nicht ertragen, dass ....

5 Die Frau musste das Licht ausmachen, weil sie ....

6 Da er log, war ....

7 Im Bett hörte sie, dass er ....

8 Am nächsten Abend ....,
weil sie ...., dass er ....

Sage es mit anderen Worten!

1 Z. 5 sein Atem fehlte

2 Z. 49 Aber sie merkte, wie unecht seine Stimme klang

3 Z. 58-59 Ich kann dieses Brot nicht so recht vertragen

4 Z. 61-62 In diesem Augenblick tat er ihr leid

Wie heißt das Gegenteil?

1 Z. 4 leer → ....

2 Z. 23 barfuß → ....

2 Z. 53 gleichmäßig → ....

TIEFERE ARBEIT AM TEXT

1 Gib der Erzählung einen anderen passenden Titel!

2 Was ist das Thema der Erzählung?

3 Schreibe eine Zusammenfassung. Benutze dabei folgende Wörter:

Nacht Küche Geräusch Brot
kalt Bett kauen

4 Was charakterisiert die Frau und den Mann? Welche Eigenschaften haben sie? Gefallen sie dir? Warum?

5 Wie beurteilst du das Verhalten des Mannes?

6 Was hättest du an der Stelle der Frau gemacht?

7 Warum besteht der Autor auf das Problem des Brotes?

8 Denkst du, dass dieses Problem etwas Ungewöhnliches für jene Zeit war?

9 Kannst du dir ein anderes Ende für diese Geschichte vorstellen?

10 Unterstreiche alle Wörter bzw. Ausdrücke, die zum Wortfeld ‚Kälte' gehören. Was für eine Funktion haben diese Wiederholungen?

11 Was merkst du in Bezug auf den Wortschatz? Findest du diese Wahl zufällig?

12 Dieser Text gehört zur Gattung ‚Kurzgeschichte' (siehe S. 87 ff.). Welche typischen Kennzeichen der Kurzgeschichte findest du in *Das Brot*? Kreuze die richtigen an!

- viele Figuren
- Anfang ohne Einführung
- präzise Beschreibung der Figuren
- keine präzise Beschreibung des Ortes
- alltägliche Sprache
- viele und komplexe Ereignisse
- komplexe Handlung
- offenes Ende
- langer Zeitraum

13 Bezeichne die Stimmung, die im Text herrscht. Begründe deine Wahl!

- traurig
- seltsam
- komisch
- peinlich
- gedrückt
- ungewöhnlich

Meine Wurzeln: Hamburg

Die Stadt

VORENTLASTUNG

E. Arning, 1902

Beantworte folgende Fragen!

1 Was siehst du auf dem Bild?
2 Worüber wird die Geschichte handeln?
3 Wer könnten die Protagonisten sein? Stelle Vermutungen an!

Die Stadt

Ein Nächtlicher ging auf den Schienen [1]. Die lagen im Mond und waren schön blank [2] wie Silber. Nur kalt, dachte der Nächtliche, kalt sind sie. Links weit ab ein vereinsamtes Geglüh [3], ein Gehöft [4]. Und dabei ein rauhgebellter Hund [5]. Das Geglüh und der Hund machten die Nacht zur Nacht. Dann war der Nächtliche wieder allein. Nur der Wind machte seine langatmigen U-Töne an den Ohren vorbei. Und auf den Schienen tupfige Flecken [6]: Wolken überm Mond.

Da kam der Mann mit der Lampe. Die schaukelte [7], als sie zwischen die beiden Gesichter gehoben [8] wurde.

Der Mann mit der Lampe sagte: Na, Junge, wohin denn?

Und der Nächtliche zeigte mit dem Arm auf das Helle hinten am Himmel.

Hamburg? fragte der mit der Lampe.

Ja, Hamburg, antwortete der Nächtliche.

Dann polterten [9] unter ihren Schritten leise die Steine. Stießen sich klickernd [10]. Und der Draht [11] an der Lampe quietschte [12] hin und her, hin und her. Vor ihnen lagen die Schienen im Mond. Und die Schienen liefen silbern auf das Helle zu. Und das Helle am Himmel in dieser Nacht, das Helle war Hamburg.

So ist das aber nicht, sagte der mit der Lampe, so ist das nicht mit der Stadt. Das ist hell da, o ja, aber unter den hellen Laternen gehn auch nur welche, die Hunger haben. Das sag ich dir, du.

Hamburg! lachte der Nächtliche, dann ist das andere gleich. Da muß [a] man doch wieder hin, immer wieder hin, wenn man daher gekommen ist. Man muß wieder hin. Und dann, das sagte er, als ob er sich viel dabei dächte,

---

neue Rechtschreibung

a **muß** = muss

b **daß** = dass

---

1 **e Schiene (-n)** : einer der beiden Stahlbarren, auf denen Züge fahren

2 **blank** : glatt und glänzend

3 **s Geglüh (nur Sg.)** : Licht

4 **s Gehöft (-e)** : Bauernhof

5 **rauhgebellter Hund** : Hund, der wegen des Bellens rauh geworden ist

6 **r Fleck (-e)** : kleine schmutzige Fläche

7 **schaukeln** : j/n oder etw. hin- und herschwingen

8 **heben** : in die Höhe bringen

9 **poltern** : beim Fallen laute und dumpfe Geräusche machen

10 **klickern** : mit Klickern (kleinen Spielkugeln) spielen

11 **r Draht (-¨e)** : eine Art Schnur aus Metall

12 **quietschen** : durch Reibung einen hellen, schrillen Ton von sich geben

das ist das Leben! Das einzige Leben!

Die Lampe quietschte hin und her, hin und her. Und der Wind uhte [13] molltönig [14] an den Ohren vorbei. Die Schienen lagen mondgeglänzt und kalt.

Dann sagte der mit der pendelnden Lampe: Das Leben! Mein Gott, was ist das: Sich an Gerüche erinnern, nach Türdrückern fassen. Man geht an Gesichtern vorbei und fühlt nachts den Regen im Haar. Das ist dann schon viel.

Da weinte hinter ihnen eine Lokomotive wie ein riesiges Kind voll Heimweh [15] auf. Und sie machte die Nacht zur Nacht. Dann polterte ein Güterzug [16] hart an den Männern vorbei. Und er grollte [17] wie Gefahr [18] durch die sternbestickte seidige Nacht. Die Männer atmeten mutig dagegen. Und die runden rotierenden Räder rollten [19] ratternd [20] unter rostroten [21] roten Waggons. Rasten rastlos [22] rumpelnd [23] davon – davon – davon. Und viel ferner noch leise: davon – davon –

Da sagte der Nächtliche: Nein, das Leben ist mehr, als im Regen laufen und nach Türdrückern fassen. Das ist mehr, als an Gesichtern vorbeigehen und Gerüche erinnern. Das Leben ist: Angst haben. Und Freude haben. Angst haben, daß [b] man unter den Zug kommt. Und Freude, daß man nicht unter den Zug gekommen ist. Freude daß man weitergehen kann.

Dann lag an den Schienen ein schmales [24] Haus. Der Mann machte die Lampe kleiner und gab dem Jungen die Hand: Also, Hamburg!

Ja, Hamburg, sagte der und ging.

Die Schienen lagen schön blank im Mond.

Und hinten am Himmel ein heller Fleck: Die Stadt.

13 **uhen** : den Laut ‚uh' produzieren

14 **molltönig** : Tonart in Moll

15 **s Heimweh (nur Sg.)** : der starke Wunsch, in die Heimat, nach Hause zurückzukehren

16 **r Güterzug (-¨e)** : Zug, der nur Lasten, Güter transportiert

17 **grollen** : verärgert sein

18 **e Gefahr (-en)** : drohender Schaden, drohendes Unheil

19 **rollen** : sich auf Rädern bewegen

20 **rattern** : Geräusche machen, die z. B. entstehen, wenn große Metallstücke schnell und oft gegeneinander stoßen

21 **rostrot** : rotbraun wie Rost

22 **rastlos** : ununterbrochen

23 **rumpeln** : ein dumpfes Geräusch machen, wie es entsteht, wenn etwas umfällt

24 **schmal** : klein, sehr schlank

TEXTVERSTÄNDNIS

Suche im Text. Ergänze die Tabelle!

WER	WO	WANN	WAS

VERSTÄNDNISERWEITERUNG

Beantworte folgende Fragen!

1 In der Erzählung tauchen nur zwei Männer auf. Wie werden sie bezeichnet? Finde Beispiele dafür im Text!

2 Sammle alle Wörter bzw. Ausdrücke, die nützlich sein können, um ein Bild der Landschaft zu bekommen, in der sich die Erzählung abspielt. Ergänze zum Zweck die Tabelle!

NATUR	TIERE	DINGE/SACHEN

Wie sieht sie aus?

3 Wonach fragt zuerst der Nächtliche?

4 Worüber sprechen die zwei Männer?

5 Was unterbricht die Stille der Nacht?

6 Was bedeutet das Leben für den Mann mit der Lampe und für den Nächtlichen?

Vollende folgende Sätze!

1 Ein Nächtlicher ....
2 Der Mann mit der Lampe fragte den Nächtlichen, ...
3 Das Leben für den Mann mit der Lampe war ....
4 Dagegen war das Leben für den Nächtlichen ....
5 Die Lokomotive war wie ....

Sage es mit anderen Worten!

1 Z. 3 weit ab ein vereinsamtes Geglüh
2 Z. 24 als ob er sich viel dabei dächte
3 Z. 39 das Leben ist mehr, als im Regen laufen

Wie heißt das Gegenteil?

1 Z. 2 blank → ....
2 Z. 11 Helle → ....
3 Z. 32 riesig → ....
4 Z. 35 mutig → ....

Finde Synonyme!

1 Z. 33 Heimweh → ....
2 Z. 41 Angst → ....
3 Z. 41 Freude → ....

TIEFERE ARBEIT AM TEXT

1 Gib der Erzählung einen anderen passenden Titel!
2 Was ist das Thema der Erzählung?
3 Schreibe eine Zusammenfassung und benutze dabei folgende Wörter:

Nächtlicher Lampe Stadt Leben

4 Auch anhand der Tabelle auf Seite 70 sage, ob dir die Landschaft im Text gefällt. Warum?

5 In Bezug auf die Bedeutung des Lebens: Wer hat für dich Recht? Der Nächtliche oder der Mann mit der Lampe? Und was ist für dich ‚das Leben'?

6 Wie werden die zwei Männer im Text dargestellt?

7 Diese Erzählung eignet sich für eine symbolische Interpretation. Was könnten

a) der Mond

b) die Silberfarben

c) die Lampe

d) der Kontrast zwischen Licht und Dunkelheit

bedeuten? Lies danach folgende Interpretationen und sage, ob sie plausibel sind. Begründe deine Antwort!

a) „Besondere Wichtigkeit erhielt er (der Mond) natürlich als das einzige Licht, das die Nacht während der Abwesenheit der Sonne erhellt [...] dass die Nacht Unwissenheit bedeutet, aber es sind Mond und Sterne, die das Licht des Großen Geistes in dieses Dunkel bringen."

b) „Zusammen mit der Erklärung als Mondfarbe könnte Silber als hohes Symbol der Reinheit entstehen, auch der Jungfräulichkeit der Gottesmutter."

c) „Die Lampe ist schon in der Antike ein Zeichen des Lebens [...] Lampen wurden an Gräbern aufgehängt oder den Toten auf die Jenseitsreise mitgegeben [...] Im Alten Testament wird Gott selbst zur symbolischen Leuchte."

d) „In allen Religionen und Kulturen der Welt ist das Licht eines der ältesten und ehrwürdigsten Symbole [...] deutet es auf das Göttliche hin [...] überhaupt auf das Gute und das Leben [...]
So bedeutet es u. a. die ursprüngliche Schöpfung, Intelligenz und Wahrheit, Erkenntnis und Erleuchtung...
[...] Ältere Bibelkommentare verstanden schon die Trennung von Licht und Dunkel, Tag und Nacht im Schöpfungsbericht als Trennung in ein Reich der guten und eines der bösen Engel [...]
Neben der sozusagen schwarzen Bedeutung der Finsternis als das Gegenreich zum weißen Licht hatte das Dunkel aber noch einen anderen, positiven Symbolgehalt, nämlich als Ort geheimnisvoller Geburtsvorgänge [...] zum Ausgangspunkt der gesamten Schöpfung."

8 Wer könnten „...welche, die Hunger haben" (Z. 21) sein?

9 Was bedeuten die Sätze „das Geglüh und der Hund machten die Nacht zur Nacht" (Z. 4) und „Und sie (die Lokomotive) machte die Nacht zur Nacht" (Z. 33)?

10 Lies Zeilen 35-38. Was ist hier stilistisch vorwiegend? Was bezweckt Borchert damit?

11 Lies noch einmal die Zeilen 35-38. Was merkst du in Bezug auf die Interpunktion? Ist es zufällig?
Begründe deine Antwort!

12 Warum ruft Borchert das Bild der Lokomotive auf? Zu diesem Zweck sammle alle Wörter bzw. Ausdrücke, die zum Wortfeld ‚Zug' gehören!

13 Welche Ausdrücke passen zu Borcherts Stil und Erzähltechnik? Kreuze an und suche Beispiele dafür im Text!

- Sentimentalität
- Ironie
- poetische Bilder
- Technik der Auslassung und der Andeutung
- Symbol
- Pragmatismus
- Metapher
- Idylle
- Personifikation
- Vergleich

14 Der Nächtliche wird vom Autor am Ende der Erzählung auf eine verschiedene Weise genannt. Welche? Was für eine Erklärung findest du dafür?

Hamburg

VORENTLASTUNG

K. Hartung, *Ansichtskarte von Hamburg*

Du hast eine Ansichtskarte von Hamburg bekommen.

Beantworte jetzt folgende Fragen!

1. Was stellt die Karte dar?
2. Was liest du auf der Rückseite der Karte?
3. Was weißt du schon über Hamburg? Vertiefe deine Kenntnisse über diese Stadt und schreib danach, was du darüber gelernt hast!

Hamburg

Hamburg!

Das ist mehr als ein Haufen [1] Steine, Dächer, Fenster, Tapeten, Betten, Straßen, Brücken und Laternen. Das ist mehr als Fabrikschornsteine [2] und Autogehupe [3] – mehr als Möwengelächter [4], Straßenbahnschrei und das Donnern [5] der Eisenbahnen – das ist mehr als Schiffssirenen, kreischende [6] Kräne [7], Flüche [8] und Tanzmusik – oh, das ist unendlich viel mehr.

Das ist unser Wille, zu sein. Nicht irgendwo und irgendwie zu sein, sondern hier und nur hier zwischen Alsterbach und Elbestrom [9] zu sein – und nur zu sein; wie wir sind, wir in Hamburg.

Das geben wir zu [10], ohne uns zu schämen [11]: Daß [a] uns die Seewinde und die Stromnebel betört und behext [12] haben, zu bleiben – hierzubleiben [b], hier zu bleiben! Daß uns der Alsterteich [13] verführt hat, unsere Häuser reich und

---

neue Rechtschreibung

a **daß** = dass

b **hierzubleiben** = hier zu bleiben

c **durcheinandertoben** = durcheinander toben

---

1 **r Haufen (-)** : Menge, viele

2 **r Fabrikschornstein (-e)** : Teil am Dach der Fabrik, aus dem Rauch kommt

3 **s Autogehupe (nur Sg.)** : das akustische Warnsignal der Autos

4 **s Möwengelächter (mst. Sg.)** : das Lachen der Möwen. Die Möwe ist ein Vogel mit heller Farbe, der am Meer lebt und Fische frisst

5 **s Donnern (nur Sg.)** : das laute Geräusch, das man nach einem Blitz hört, oft vor einem Gewitter

6 **kreischen** : mit lauter und hoher Stimme schreien

7 **r Kran (-¨e)** : eine Maschine mit einem beweglichen, langen Balken, der große und schwere Objekte heben und bewegen kann, besonders auf Baustellen

8 **r Fluch (-¨e)** : ein Wort, das man in großer Wut oder in großem Hass sagt

9 **Alsterbach und Elbestrom** : B. bezieht sich auf die sehr günstige geographische Lage von Hamburg, das ungefähr 110 km weit von der Nordsee und am Zusammenfluss der Elbe mit der Alster liegt. Der Schriftsteller benutzt das Wort ‚Strom' für die Elbe und ‚Bach' für die Alster, um den Lesern das Bild der verschiedenen Dimensionen der zwei Flüsse zu suggerieren

10 **zugeben** : gestatten, für richtig erklären (obwohl man anderer Meinung war)

11 **sich schämen** : ein sehr unangenehmes Gefühl haben, weil man etw. gegen die Sitten, die Moral getan hat

12 **betört und behext** : fasziniert und bezaubert

13 **r Alsterteich (-e)** : der Fluss Alster wurde schon seit dem Mittelalter kanalisiert. Die Alster bildet heute zwei im Stadtzentrum gelegene Becken: die Binnenalster (Hafenbecken für Boote und Kähne) und die größere Außenalster (von den Seglern geliebt und mit Parkanlagen). Die Lombards- und Kennedybrücke trennen die zwei Becken voneinander

ringsherum zu bauen – und daß uns der Strom, der breite graue Strom verführt hat, unsere Sehnsucht nach den Meeren nachzusegeln, auszufahren, wegzuwandern, fortzuwehen – zu segeln, um wiederzukehren, wiederzukehren, krank und klein vor Heimweh nach unserm kleinen blauen Teich inmitten der grünhelmigen Türme und grauroten Dächer.

Hamburg, Stadt: Steinwald aus Türmen, Laternen und sechsstöckigen Häusern; Steinwald, dessen Pflastersteine einen Waldboden mit singendem Rhythmus hinzaubern, auf dem du selbst noch die Schritte der Gestorbenen hörst, nachts manchmal.

Stadt: Urtier [14], raufend [15] und schnaufend [16], Urtier aus Höfen, Glas und Seufzern [17], Tränen, Parks und Lustschreien [18] – Urtier mit blinkenden [19] Augen im Sonnenlicht: silbrigen, öligen Fleeten [20]! Urtier mit schimmernden [21] Augen im Mondlicht: zittrigen, glimmernden Lampen!

Stadt: Heimat, Himmel, Heimkehr – Geliebte zwischen Himmel und Hölle [22], zwischen Meer und Meer; Mutter zwischen Wiesen [23] und Watt [24], zwischen Teich und Strom; Engel zwischen Wachen und Schlaf, zwischen Nebel und Wind: Hamburg!

Und deswegen sind wir den Anderen verwandt [25], denen, die in Haarlem, Marseille, Frisco und Bombay, Liverpool und Kapstadt sind – und die Haarlem, Marseille, Frisco und Kapstadt so lieben, wie wir unsere Straßen lieben, unsern Strom und den Hafen, unsere Möwen, den Nebel, die Nächte und unsere Frauen.

Ach, unsere Frauen, denen die Möwenflügel die Locken durcheinandertoben [c/26] – oder war es der Wind? Nein, der Wind ist es, der den Frauen keine Ruhe gibt – an den Röcken nicht und an den Locken nicht. Dieser Wind, der den Matrosen [27] auf See und im Hafen ihre Abenteuer

14 **s Urtier (-e)** : ausgestorbenes Tier

15 **raufen** : abreißen

16 **schnaufen** : schwer und laut atmen

17 **r Seufzer (-)** : das Geräusch des Seufzens (seufzen : so ausatmen, dass ein Geräusch entsteht)

18 **r Lustschrei (-e)** : lautes Geräusch der Zufriedenheit, das ein Mensch mit der Stimme ausdrückt

19 **blinken** : leuchten, glänzen

20 **s Fleet (-e)** : schiffbarer Stadtkanal

21 **schimmern** : schwach glänzen, zart leuchten

22 **e Hölle (nur Sg.)** : Ort der Qual und Pein für Sünder nach dem Tode

23 **e Wiese (-n)** : Fläche, auf der Gras wächst

24 **s Watt (-en)** : ein Teil der Küste, der mit Schlamm bedeckt und bei Ebbe nicht überflutet wird

25 **verwandt** : zur gleichen Familie gehörig

26 **durcheinandertoben** : stark zerzausen, heftig bewegen

27 **r Matrose (-n)** : Seemann

ablauert [28] und dann unsere Frauen verführt mit seinem Singsang [29] von Ferne, Heimweh, Ausfahrt und Tränen – Heimkehr und sanften, süßen, stürmischen [30] Umarmungen.

Unsere Frauen in Hamburg, in Haarlem, Marseille, Frisco und Bombay, in Liverpool und Kapstadt – und in Hamburg, in Hamburg! Wir kennen sie so und lieben sie so, wenn der Wind uns ihre Knie mit einem frechen Pfiff [31] für zwei Sekunden verschenkt, wenn er uns eine unerwartete Zärtlichkeit [32] spendiert und uns eine weiche Locke gegen die Nase weht: Lieber herrlicher Hamburger Wind!

Hamburg!

Das ist mehr als ein Haufen Steine, unaussprechlich [33] viel mehr! Das sind die erdbeerüberladenen [34], apfelblühenden Wiesen an den Ufern des Elbestromes – das sind die blumenüberladenen, backfischblühenden [35] Gärten der Villen an den Ufern des Alsterteiches.

Das sind weiße, gelbe, sandfarbene und hellgrüne flache Lotsenhäuser [36] und Kapitänsnester [37] an den Hügeln von Blankenese [38]. Aber das sind auch die schmutzigen schlampigen [39] lärmenden Viertel der Fabriken und Werften [40] mit Schmierfettgestank, Teergeruch [41] und Fischdunst [42] und

28 **ablauern** : ungeduldig warten

29 **r Singsang (nur Sg.)** : ein einfaches, monotones Lied

30 **stürmisch** : voller Leidenschaft

31 **r Pfiff (-e)** : ein hoher kurzer Ton, den man durch das Pfeifen erzeugt

32 **e Zärtlichkeit (-en)** : Liebkosung, liebevolle Berührung

33 **unaussprechlich** : so groß, so intensiv, dass man etw. kaum beschreiben kann

34 **erdbeerüberladen** : voll mit Erdbeeren

35 **backfischblühend** : voll mit jungen Mädchen (In diesen Zeilen beschreibt B. die Gegend, wo die Villenviertel von Hamburg sind. Sie liegen im Nord-Osten und im Norden der Stadt, an Moränenhügeln und -terrassen)

36 **s Lotsenhaus (-¨er)** : Haus, das zu einem Lotsen gehört. Der Lotse ist ein geprüfter Seemann, der Schiffe durch schwierige Gewässer leitet

37 **s Kapitänsnest (-er)** : Haus, Wohnung von einem Kapitän

38 **Blankenese** : in der Vergangenheit Fischerdorf, heute exklusives Villenviertel. Es liegt ungefähr 14 km weit vom Hamburger Zentrum, Richtung Osten. Es beherrscht den Hafen aus einer Höhe von 80 Metern

39 **schlampig** : nachlässig, unordentlich und schmutzig. (B. bezieht sich hier auf die Industriezonen und auf die Arbeiterviertel von Hamburg. Einige von diesen Stadtteilen liegen an dem rechten Ufer der Elbe, wie z. B. Altona; andere, wie Wilhelmsburg und Harburg, an dem linken)

40 **e Werft (-en)** : die Anlage, in der Schiffe gebaut und repariert werden.

41 **r Teergeruch (-¨e)** : Geruch von Teer. Der Teer ist eine schwarze, flüssige Masse, die beim Bau von Straßen verwendet wird

42 **r Fischdunst (-¨e)** : eine Art dünner, leichter Nebel aus Fischdampf

Schweißatem[43]. Oh – das ist die nächtliche Süße der Parks an der Alster und in den Vorstädten, wo die Hamburger, die echten[44] Hamburger, die nie vor die Hunde gehen[45] und immer richtigen Kurs haben, in den seligen sehnsüchtigen Nächten der Liebe gemacht werden. Und die ganz großen Glückskinder[46] werden auf einem kissenduftenden, fröscheumquakten[47] Boot auf der mondenen Alster in dieses unsterbliche Leben hineingeschaukelt[48]!

Hamburg!

Das sind die tropischen tollen Bäume, Büsche[49] und Blumen des Mammutfriedhofes[50], dieses vögeldurchjubelten gepflegtesten Urwaldes[51] der Welt, in dem die Toten ihren Tod verträumen und ihren ganzen Tod hindurch von den Möwen, den Mädchen, Masten[52] und Mauern, den Maiabenden und Meerwinden phantasieren.

Das ist kein karger[53] militärischer Bauernfriedhof[54], wo die Toten (in Reih und Glied[55] und in Ligusterhecken[56] gezwungen, mit Primeln und Rosenstöcken wie mit Orden besteckt) auf die Lebenden aufpassen und teilnehmen müssen an dem Schweiß und dem Schrei der Arbeitenden und Gebärenden[57] – ach, die können ihren Tod nicht genießen[58]! Aber in Ohlsdorf[59] – da schwatzen[60] die Toten, die unsterblichen Toten, vom unsterblichen Leben! Denn die Toten vergessen das Leben nicht – und sie können die Stadt, ihre Stadt, nicht vergessen!

43 **r Schweißatem (nur Sg.)** : die Luft, die sich von den Lungen bis zum Mund oder der Nase einer schwitzenden Person bewegt und umgekehrt

44 **echt** : ursprünglich, typisch

45 **vor die Hunde gehen** : zugrunde gehen

46 **s Glückskind (-er)** : j/d, der immer Glück hat

47 **fröscheumquakt** : mit quakenden Froschen

48 **hineinschaukeln** : j/n hin- und herschwingen

49 **r Busch (-¨e)** : Strauch; Pflanze ohne Stamm mit holzernen Ästen, die direkt aus dem Boden wachsen

50 **r Mammutfriedhof (-¨e)** : riesiger, sehr großer Friedhof

51 **r Urwald (-¨er)** : Dschungel

52 **r Mast (-en)** : eine hohe, senkrechte Stange aus Holz oder Metall auf einem Schiff, an der die Segel festgemacht werden

53 **karg** : ärmlich, bescheiden, arm

54 **r Bauernfriedhof (-¨e)** : Friedhof auf dem Lande

55 **in Reih und Glied :** in einer genau festgelegten Ordnung

56 **e Ligusterhecke (-n)** : Büsche oder Sträucher von Ligustern, die in einer Reihe so eng aneinander gepflanzt sind, dass sie eine Art Zaun bilden

57 **gebären** : als Frau ein Baby zur Welt bringen

58 **genießen** : Freude, Genuss bei etw. empfinden

59 **Ohlsdorf** : Friedhof mit einem Park in der Vorstadt von Hamburg. Hier wurde Borchert begraben

60 **schwatzen** : plaudern, über unwichtige Themen reden

Hamburg!

Das sind diese ergrauten, unentbehrlichen [61], unvermeidlichen [62] Unendlichkeiten der untröstlichen Straßen, in denen wir alle geboren sind und in denen wir alle eines Tages sterben müssen – und das ist doch unheimlich [63] viel mehr als nur ein Haufen Steine!

Gehe hindurch und blähe deine Nasenlöcher [64] wie Pferdenüstern [65]: Das ist der Geruch des Lebens! Windeln [66], Kohl, Plüschsofa, Zwiebeln, Benzin, Mädchenträume, Tischlerleim [67], Kornkaffee, Katzen, Geranien, Schnaps, Autogummi [68], Lippenstift [69] – Blut und Schweiß – Geruch der Stadt, Atem des Lebens: Mehr, mehr als ein Haufen Steine! Das ist Tod und Leben, Arbeit, Schlaf, Wind und Liebe, Tränen und Nebel!

Das ist unser Wille, zu sein: Hamburg!

TEXTVERSTÄNDNIS

Beantworte folgende Fragen!

1 Worum geht es hier?

2 Was wird von Hamburg genannt? Ergänze die Tabelle!

NATUR	VIERTEL	FRIEDHOF

3 Wie werden die Hamburger bezeichnet?

61 **unentbehrlich** : absolut notwendig

62 **unvermeidlich** : nicht zu umgehen

63 **unheimlich** : sehr

64 **s Nasenloch (-¨er)** : die zwei Öffnungen der Nase

65 **e Pferdenüster (-n)** : das Nasenloch des Pferdes

66 **e Windel (-n)** : Tuch aus Stoff oder Papier, das den Urin eines Babys aufnimmt

67 **r Tischlerleim (-e)** : Klebstoff, mit dem man Holzstücke zusammenklebt

68 **r Autogummi (-s)** : Reifen

69 **r Lippenstift (-e)** : rote Substanz, die von Frauen benutzt wird, um ihre Lippen attraktiver zu machen

4 Mit wem sind die Hamburger verwandt? Was für ein Bild entsteht von ihnen?

5 Was gibt den Frauen in Hamburg keine Ruhe? Warum?

6 Wo sind die Lotsenhäuser und die Kapitänsnester?

7 Wie sind die Viertel der Fabriken und Werften?

8 Was machen die Toten in Ohlsdorf?

9 Was für ein Geruch charakterisiert die Stadt?

VERSTÄNDNISERWEITERUNG

Welche Sinnesorgane werden hier betroffen? Ergänze die Tabelle!

AUGE	NASE	OHR	TASTENSINN	GESCHMACK

Sage es mit anderen Worten!

1 Z. 2 Das ist mehr als ein Haufen Steine

2 Z. 14 Unsere Sehnsucht nach den Meeren nachzusegeln

3 Z. 30 Und deswegen sind wir den Anderen verwandt

4 Z. 38-39 Dieser Wind [...] unsere Frauen verführt

5 Z. 58-59 die nie vor die Hunde gehen

Wie heißt das Gegenteil?

1 Z. 12 reich → ....

2 Z. 26 Heimkehr → ....

3 Z. 45 Zärtlichkeit → ....

4 Z. 69 karg → ....

Finde Synonyme!

1 Z. 2 Tapeten → ....

2 Z. 26 Heimat → ....

3 Z. 37 Ruhe → ....

4 Z. 58 Vorstädten → ....

5 Z. 74 schwatzen → ....

TIEFERE ARBEIT AM TEXT

1 Gib der Erzählung einen anderen passenden Titel!

2 Welches Element herrscht im ganzen Text? Sammle alle Wörter bzw. Ausdrücke, die zu diesem Element gehören!

3 Was für eine Atmosphäre schafft Borchert durch diese Wörter und oft durch ihre Wiederholung?

4 Immer in Bezug auf das Wasser hast du sicher gemerkt, dass die Flüsse (die Elbe, die Alster) eine wichtige Rolle im Text spielen. Wofür steht der Fluss als Symbol? Antworte und lies danach folgende Interpretation. Findest du sie überzeugend? Warum?

Sobald sich das Wasser zu Bach und Fluss verbreitet, wird seine besondere Eigenschaft sinnfällig: das wandelbare Dahinfließen. Es wurde in fast allen Kulturkreisen schon früh als Sinnbild des Lebens selbst verstanden (wie ja auch alles Leben auf der Erde aus dem Wasser stammt). Für den Buddhisten ist der Fluss ein Symbol vor allem der Unbeständigkeit des Daseins. Wer die Erleuchtung sucht, muss also zurück und den Fluss hinaufgehen bis an seinen Ursprung, die Quelle.

5 Ein anderes Naturelement, das oft im Text auftaucht, ist der Nebel. Finde die entsprechenden Textstellen. Was symbolisiert er? Lies folgende Interpretation. Bist du damit einverstanden? Warum?

Er kann - auch im metaphorischen Sprechen - Unbestimmtheit, Unklarheit und Verwirrung bedeuten, das Vage und Phantastische, aber auch den Übergang in die Klarheit.

6 Was hat dich in der Beschreibung von Hamburg besonders fasziniert? Warum?

7 Lies folgendes Gedicht von Borchert!

In Hamburg

In Hamburg ist die Nacht
nicht wie in andern Städten
die sanfte blaue Frau,
in Hamburg ist sie grau
und hält bei denen, die nicht beten,
im Regen Wacht.

In Hamburg wohnt die Nacht
in allen Hafenschänken
und trägt die Röcke leicht,
sie kuppelt, spukt und schleicht,

wenn es auf schmalen Bänken
sich liebt und lacht.

In Hamburg kann die Nacht
nicht süße Melodien summen
mit Nachtigallentönen,
sie weiß, daß uns das Lied Schiffssirenen,
die aus dem Hafen stadtwärtsbrummen,
genau so selig macht.

Wie ergänzt es die Eindrücke, die Gefühle, die die Erzählung *Hamburg* bei dir erweckt hat?

8 Würdest du Hamburg besichtigen? Warum?

9 Anhand einer Tabelle wie diejenige auf S. 80 sage, welche Sinnesorgane in deiner Stadt betroffen werden. Möchtest du woanders wohnen? Warum?

AUGE	NASE	OHR	TASTENSINN	GESCHMACK

10 Bei Borchert herrschen sicher ambivalente Gefühle seiner Heimatstadt Hamburg gegenüber. Worin äußert sich diese Ambivalenz? Finde Beispiele dafür im Text!

11 Wie würdest du die Sprache von Borchert bezeichnen? Kreuze an!

- schlicht
- gekünstelt
- schwierig
- alltäglich

Findest du interessant, wie er die rhetorischen Mittel benutzt? Warum?

12 Welche Stilmittel sind hier vorhanden? Kreuze an und finde Beispiele dafür im Text!

- Alliteration
- Akkumulation
- Ironie
- Personifikation
- lyrische Beschreibungen
- Lautmalerei
- Oxymoron
- Chiasmus

13 Sicher hast du gemerkt, dass Borchert viele Neologismen benutzt. Suche Beispiele dafür. Glaubst du, dass sie wirksam sind? Begründe deine Antwort!

Stilfiguren

Stilfigur	Erläuterung	Beispiel
Akkumulation	Worthäufung. Aufzählung von Unterbegriffen anstelle des zusammenfassenden Oberbegriffs	„Nun ruhen alle Wälder, Vieh, Menschen, Städt und Felder…"
Alliteration/ Stabreim	gleich lautende Anfangsbuchstaben mehrerer betonter Wörter	„der Toten Tatenruhm"
Anapher	Wiederholung des Anfangs in aufeinander folgenden Sätzen, Versen, Strophen	„O Mutter! Was ist Seligkeit? O Mutter! Was ist Hölle?"
Antithese	Entgegenstellung, ausgeprägter Kontrast; oder Gegenüberstellung logisch entgegengesetzter Begriffe	„Alle reden vom Wetter. Wir nicht." „Gut und Böse" „Der Wahn ist kurz, die Reu ist lang."
Chiasmus	symmetrische Überkreuzstellung von Satzgliedern, die sich syntaktisch oder bedeutungsmäßig entsprechen	„Die Kunst ist lang, und kurz ist unser Leben."
Ellipse	Auslassung eines syntaktisch notwendigen, aus dem Sinn leicht zu erkennenden Wortes oder Satzteils	„Was (machen wir) nun?"
Euphemismus	beschönigende Umschreibung	‚entschlafen' oder ‚heimgehen' für ‚sterben'
Hyperbel	Übertreibung	‚blitzschnell'
Hypotaxe	Unterordnung in der Satzgliederung, d. h. Aufgliederung des Gedankens in Haupt- und von diesem abhängige Nebensätze zu kunstvoll geschachteltem Gefüge (Gegensatz: Parataxe)	

Stilfigur	Erläuterung	Beispiel
Klimax	Steigerung zum Höhepunkt	„Veni, vidi, vici" oder „Nicht ein, nicht zwei, nicht drei, nein – Vierfruchtmarmelade werden wir dem deutschen Soldaten an die Front schicken!" (aus Goebbels-Parodie)
Litotes	uneigentliches Sprechen; Untertreibung	„nicht übel" für „sehr gut"
Metapher	Verwendung eines Wortes im übertragenen Sinn; kann über das Einzelwort hinaus weitergeführt werden	„ein Meer von Plagen" „Glaub mir, ein roher Mann, wird er auch noch so sehr am Feuer der Liebe gebraten, es wird nie etwas Genießbares draus." (Nestroy)
Metonymie	‚Umbenennung', ein Wort wird im übertragenen Sinn für einen verwandten Sinn gebraucht	„Er kann seinen ganzen Goethe auswendig" (statt: Goethes Werke) - ‚Weißes Haus' und ‚Kreml' (für die Regierungen der USA und der UdSSR)
Oxymoron	Kombination von sich ausschließenden Begriffen	„bittere Süße"
Parallelismus	Wiederkehr derselben Wortreihenfolge in aufeinander folgenden Sätzen, Satzgliedern oder Versen	„Heiß ist die Liebe, kalt ist der Schnee."
Parataxe	Beiordnung, d. h. Nebeneinanderstellung gleich berechtigter Hauptsätze (Gegensatz: Hypotaxe)	
Personifikation	bes. Art der Metapher: Vermenschlichung abstrakter Begriffe, lebloser Dinge in menschlich beseelte Darstellung	„blinder Zufall", „Mutter Natur", „Der Glaube besiegt die Furcht."
Rhetorische Frage	keine wirkliche Frage, die Antwort ist schon impliziert	„Sind wir nicht fähig, uns zu behaupten?"
Wiederholung		„Wir Jüngeren, die wir diese Zeit nicht miterlebt haben, nicht bewusst miterlebt haben..."
Wortspiel	verbindet Klangähnlichkeit mit überraschendem Bedeutungskontrast	„Jesuiter – Jesuwider"

Stimmen der Kritik

Heinrich Böll: Bekenntnis zur Trümmerliteratur (1952)

„Die ersten schriftstellerischen Versuche unserer Generation nach 1945 hat man als Trümmerliteratur bezeichnet, man hat sie damit abzutun versucht. Wir haben uns gegen diese Bezeichnung nicht gewehrt, weil sie zu Recht bestand: tatsächlich, die Menschen, von denen wir schrieben, lebten in Trümmern, sie kamen aus dem Kriege, Männer und Frauen in gleichem Maße verletzt, auch Kinder. Und sie waren scharfäugig: sie sahen. Sie lebten keineswegs in völligem Frieden, ihre Umgebung, ihr Befinden, nichts an ihnen und um sie herum war idyllisch, und wir als Schreibende fühlten uns ihnen so nahe, daß wir uns mit ihnen identifizierten. Mit Schwarzhändlern und den Opfern der Schwarzhändler, mit Flüchtlingen und allen denen, die auf andere Weise heimatlos geworden waren, vor allem natürlich mit der Generation, der wir angehörten und die sich zu einem großen Teil in einer merk- und denkwürdigen Situation befand: sie kehrte heim. Es war die Heimkehr aus einem Krieg, an dessen Ende kaum noch jemand hatte glauben können.

Wir schrieben also vom Krieg, von der Heimkehr und dem, was wir im Krieg gesehen hatten und bei der Heimkehr vorfanden: von Trümmern; das ergab drei Schlagwörter, die der jungen Literatur angehängt wurden: Kriegs-, Heimkehrer- und Trümmerliteratur.

Die Bezeichnungen als solche sind berechtigt: es war Krieg gewesen, sechs Jahre lang, wir kehrten heim aus diesem Krieg, wir fanden Trümmer und schrieben darüber. Merkwürdig, fast verdächtig war nur der vorwurfsvolle, fast gekränkte Ton, mit dem man sich dieser Bezeichnung bediente: man schien uns zwar nicht verantwortlich zu machen dafür, daß Krieg gewesen, daß alles in Trümmern lag, nur nahm man uns offenbar übel, daß wir es gesehen hatten und sahen, aber wir hatten keine Binde vor den Augen und sahen es: ein gutes Auge gehört zum Handwerkszeug des Schriftstellers. [...]

Es ist unsere Aufgabe, daran zu erinnern, daß der Mensch nicht nur existiert, um verwaltet zu werden – und daß die Zerstörungen in unserer Welt nicht nur äußerer Art sind und nicht so geringfügiger Natur, daß man sich anmaßen kann, sie in wenigen Jahren zu heilen. Der Name Homer ist der gesamten abendländischen Bildungswelt unverdächtig: Homer ist der

Stammvater europäischer Epik, aber Homer erzählt vom Trojanischen Krieg, von der Zerstörung Trojas und von der Heimkehr des Odysseus – Kriegs-, Trümmer- und Heimkehrerliteratur –, wir haben keinen Grund, uns dieser Bezeichnung zu schämen."

(Heinrich Böll: *Werke, Essayistische Schriften und Reden*, 1, 1952-1963. Kiepenheuer & Witsch, Köln, 1978, S. 31, 33 ff., Ausschnitte. Heinrich Böll, Schriftsteller, 1917-1985.)

P. Rühmkorfs Nachwort für *Die traurigen Geranien*

„[...] Wem Borcherts Ruhm ein Anlaß der Verwunderung ist, der darf vor allem nicht übersehen, daß dieser Jüngling der erste seiner Generation war, der seine leibeigenen Einzelerfahrungen an einem allgemeinen Thema demonstrierte. Zwar war sein Schicksal keineswegs so ohne weiteres auf die Erlebnisse des Kollektivs zu übertragen, und doch hat Borchert niemals versucht, sich als die Ausnahme darzustellen. Hat niemals vom <gezeichneten Ich> gesprochen, nicht von den Widrigkeiten, mit denen sich ein Einzelgänger unter Botmäßigen und Mitläufern herumzuschlagen hatte, sondern von einer tragisch-schmerzlichen Gruppenerfahrung, dem Schicksal der <verratenen Generation>. [...]

Borchert hat diese Generation nicht nur beschrieben, er hat sie auch benannt: <Generation ohne Abschied>. Er hat die Bilanz ihrer Mängel gezogen, die Summe ihrer Versagungen addiert. <Generation ohne Ziel>, so hieß es in einem seiner Prosastücke, und dann: <ohne Bindung>, <ohne Tiefe>, <ohne Glück>, <ohne Heimat>, <ohne Grenze>, <ohne Gott>, <ohne Vergangenheit>, <ohne Ja>, <ohne Anerkennung>, <ohne Jugend>. [...]

Und als in anderen Ländern <zornige junge Männer> oder <Beatniks> auftraten und das Recht auf Ruhelosigkeit und das Unbehagen an der Behaglichkeit proklamierten, blieb hier in Deutschland Wolfgang Borchert der erklärte und verklärte Held vieler jugendlicher Leser. Weil jenes <Blick zurück im Zorn>, weil jenes <On the Road> oder <Unterwegs>, weil jenes trotzige Evangelium des Nichtaufgehobenseins sich bei ihm bereits präartikuliert fand: <Die Straße ist ihr Himmel, ihr andächtiges Schreiten, ihr toller Tanz, ihre Hölle, ihr Bett (mit Parkbänken und Brückenbogen), ihre Mutter und ihr Mädchen. Diese grauharte Straße ist ihr staubiger schweigsam verläßlicher Kumpel, stur, treu, beständig... Diese Straße ist ihre

Verzagtheit und ihr abenteuerlicher Mut. Und wenn du ihnen vorbeigehst, dann sehn sie dich an wie die Fürsten, diese Flickenkönige von Lumpens Gnaden, und mit zugebissenem Mund sagen sie ihren ganzen großen harten protzigen klotzigen Reichtum: Die Straße gehört uns> [...]"

(P. Rühmkorf: Nachwort für *W. Borchert, Die traurigen Geranien und andere Geschichten aus dem Nachlass*, Hamburg, Rowohlt Verlag, 1967)

Was ist eine Kurzgeschichte? (Definitionen)

Eine kurze Geschichte ist nicht ohne weiteres eine Kurzgeschichte. Eine Kurzgeschichte muß vielmehr mehreren Kriterien genügen, die zur Bestimmung ihrer Gattung unerläßlich sind. Solche Kriterien sind:

Typisch für die Form der Kurzgeschichte ist es, daß sie kürzer ist als die Novelle; sie besitzt auch nicht deren Abrundung, Abgeschlossenheit und Vollkommenheit.

Die Kurzgeschichte muß nicht unbedingt eine in sich abgeschlossene Handlung haben; sie gibt vielmehr einen charakteristischen Handlungsabschnitt, einen entscheidenden Moment, einen Lebensbruch wieder; sie enthüllt einen Zustand, eine besondere Situation, ein Stück Wirklichkeit.

Die Kurzgeschichte besitzt daher nicht die Komplexität der Novelle oder einer gewöhnlichen Erzählung, sondern verkleinert – photographisch gesprochen – die Blende zugunsten einer größeren Tiefenschärfe und zeigt nicht das ganze Bild, sondern einen Bildausschnitt.

„Meistens beginnt eine Kurzgeschichte ohne Einleitung. Der Leser wird ohne Übergang mitten in ein schon begonnenes Geschehen eingeschaltet. Man springt gewissermaßen während der Fahrt auf. Da jeder Augenblick zur Wirklichkeitsmitte werden kann, kann auch die Kurzgeschichte jeden Augenblick aufgreifen und in seiner Offenheit vorwärts und rückwärts darstellen. So ist die Einleitung überflüssig."

(Klaus Doderer, *Die Kurzgeschichte als literarische Form*. In: *Wirkendes Wort*, Düsseldorf, 1957-1958, S. 92 ff.)

Deswegen kommt dem ersten Satz einer Kurzgeschichte eine besonders erhöhte Bedeutung zu. Er blendet unvermittelt auf und reißt den Leser medias in res. Er ist etwas rätselhaft und soll Spannung erzeugen: „Sie hingen auf den Stühlen. Über die Tische waren sie gehängt. Hingehängt von einer fürchterlichen Müdigkeit."

(Wolfgang Borchert, *Der Kaffee ist undefinierbar)*

„*Der Verlauf der Kurzgeschichte ist linear.* Es gibt in ihr keine Haupt- und Neben- oder Gegenhandlung, die sich zu komplexen Ereignissen aufgipfeln lassen wie bei der Novelle. Auch fehlt in der reinsten Form meistens das Auf und Ab von Spannungs- und Höhepunkten. Klassische Baugesetze, wie etwa das Schema von Exposition, steigender Handlung, Höhepunkt, fallender Handlung und Schluß, verlieren hier ihren Wert, wo man mit dem ersten Satz mitten in den Vorgang eingeblendet wird und nun Satz um Satz einem Geschehen näherrückt, das schon längst begonnen hat; das abrollt, ohne daß es erzählerisch geführt zu sein scheint. Im Grunde wird ein Zustand geschildert, eine Stimmung wird eingefangen, eine Situation wird erschlossen. Das gilt für Kurzgeschichten, die auf wirkliche Handlung fast gänzlich verzichten.

Die Kurzgeschichte hat in der Regel einen offenen, oftmals unerwarteten Schluß. Das ist wiederum ein Kriterium, das sie von den übrigen epischen Gattungen – außer in gewisser Beziehung von der Anekdote und dem Witz – deutlich abhebt. Denken wir an die Novelle, die doch die ‚unerhörte Begebenheit' (Goethe) zu Ende berichten muß. Auch die Anekdote ist erst dann gerundet, wenn die Pointe deutlich die merkwürdige Konstellation des Geschehens gesprengt und gelöst hat. Aber am Ende der Kurzgeschichte [...] bleiben wir mit einem Schock vor einer neuen Situation stehen, müssen gewissermaßen selbständig – ohne Führung des Erzählers – uns den Vorfall zu Ende denken."

(Klaus Doderer, *Die Kurzgeschichte als literarische Form.*
In: *Wirkendes Wort*, Düsseldorf, 1957-1958, S. 92 ff.)

„Fast ausnahmslos hat man aus dem Schluß der Kurzgeschichte die Unverschlossenheit abgelesen, einen Blick auf den Anfang zurückgeworfen und dann auf die Kurzgeschichte als durchgängig offene Form geschlossen [...]

Was heißt das, wenn von einer Geschichte gesagt wird, sie sei offen? Wenn der Erzähler einsetzt mit dem ersten Wort, hat die Geschichte bereits begonnen. Der Leser springt sozusagen auf den fahrenden Zug. Der Beginn ist jäh, sicher knapp, oft ein harter Akkord. Der Leser bekommt keine Wegleitung. Die Vorgeschichte wird verschwiegen, allenfalls unterwegs nachgeholt, bruchstückweise. Das Eigentlich sagt der Erzähler sprunghaft, andeutend, offenlassend. Der Text ist ein Sprachgitter. Die Lücken sind wesentlich: Das Schweigen, durch das der Leser in die Tiefe blickt. Die Geschichte scheint streckenweise unterirdisch zu fließen. Nie werden die Kausalzusammenhänge ganz sichtbar. Kein erörternder Kommentar, ein Minimum an Beschreibung, Schilderung, Reflexionen? Einzig jene einfachen, einfältigen der Figuren. Aber viel direkte Rede. Einzelheiten werden grell herausgeleuchtet. Dazwischen dunkle Stellen. Und dann: Der letzte Satz. Der Erzähler schleicht aus der Geschichte, ehe sie, diese Geschichte zu Ende gegangen ist. Nie wird die Nachgeschichte verraten.

Der Leser bleibt seinen Mutmaßungen überlassen. Zur Offenheit der Kurzgeschichte gehört, könnte man mit Hofmannsthal sagen, daß sie zur größeren Hälfte des Lesers Werk sei. Die Spannung dauert weit über den letzten Satz hinaus [...] Die Erzählung läuft in dem Satz aus, der sie zu schließen scheint, gleichzeitig besitzt er genügend Energie, um eine neue Geschichte anzudrehen, einen nächsten Bewegungsumlauf zu eröffnen. Dieser Schlußsatz ist der Endpunkt eines Abgeschlossenen und der Anfang eines Werdenden, aber nicht mehr Auszuführenden, nur eben in seiner ersten Phase noch Angedeuteten. Immer enthält dieser Schlußsatz eine Bewegung oder eine Geste. Man möchte ihn den gestischen Schlußsatz nennen."

(Ludwig Rohner, *Theorie der Kurzgeschichte,* Frankfurt a. M., 1973, S. 249 ff.)

„Hinsichtlich der in der Kurzgeschichte dargestellten Welt kann man beobachten: eine Kurzgeschichte hebt aus dem Leben eines oder mehrerer meist durchschnittlicher Menschen (Figuren) ein Ereignis (Geschehen) heraus, das dieses Leben vor einer Entscheidung stellt, ihm eine mehr oder weniger bedeutsame Wendung zu geben vermag; es muß durchaus nicht ein sogenannter ‚Schicksalsbruch' sein, aber irgendein – oft unscheinbarer, unbedeutender – Konflikt ist dargestellt. Es handelt sich um ein Ereignis, dessen Dauer zwischen einem Zeitpunkt und einer kurzen Zeitspanne variieren kann (momentaner Charakter) und zu dessen räumlicher Darstellung ein bruchstückhafter Weltausschnitt genügt (fragmentarischer Charakter). [...]

Sehen wir auf den Gegenstand seiner Erzählung, so können wir feststellen: Der Erzähler einer Kurzgeschichte bevorzugt eine Darstellungsweise, die den – meist im Mittelpunkt stehenden – Menschen unter einem begrenzten Aspekt bzw. im Hinblick auf eine bestimmte Seite seines Charakters darstellt und indirekt, meist kommentarlos charakterisiert, indem sie ihn als Handelnden und Sprechenden vergegenwärtigt. Daraus ergibt sich die besondere Bedeutung des Gestischen und Dialogischen in der

Kurzgeschichte. Der Erzähler bevorzugt ferner ein alltägliches Milieu, dessen menschliche, soziale und politische Spannungen er sehr oft scheinbar unbeteiligt, d. h. ohne ‚moralischen Zeigefinger oder direkte Tendenz' darstellt, und zwar mehr andeutend als ausführend, eher sprunghaft als linear; daraus ergibt sich der Pars-pro-toto-Effekt des Details. Bei der Darstellung des Alltäglichen ist der Erzähler einer Kurzgeschichte nicht unbedingt an eine realistische Perspektive gebunden, sondern kann durch Mittel der Verfremdung bzw. Übersteigerung die Doppelbödigkeit der sogenannten Realität bewußt machen. Der Erzähler einer Kurzgeschichte wird das Geschehen, das er darstellen will, der gebotenen Kürze entsprechend beschränken, konzentrieren, indem er auf eine – auch geraffte – Totalität der Entwicklung, d.h. auf einen im ganzen überschaubaren Prozeß mit Anfang, Höhepunkt und abrundendem Schluß, verzichtet. Statt dessen strebt er eine punktuelle Totalität an. Um diese herzustellen, braucht er weder eine Pointe noch einen überraschenden Effekt, kann sich aber auch dieser Mittel bedienen.

Es ist vor allem der andeutende Erzählstil, die Differenz und Spannung zwischen dem konkret Erzählten selbst und dem – damit modellhaft repräsentierten – weiteren Bereich menschlicher Erfahrung, wodurch die Fähigkeit des Lesers zum Nachschaffen, Ergänzen, kritischen Weiterdenken angeregt, herausgefordert wird. Ein sinnfälliges Zeichen und Merkmal dieser Differenz, dieser Spannung ist der gerade bei Kurzgeschichten anzutreffende offene, weiterwirkende, den Leser provozierende Schluß."

(Josef Donnenberg, *Bevorzugte Gattungen 1: Kurzgeschichte, Reportage, Protokoll.* In: Walter Weiss, *Gegenwartsliteratur*, Stuttgart, 1973, S. 78 ff.)

„In der Kurzgeschichte wird ein Stück gelebte Wirklichkeit mit äußerster Knappheit dargestellt. Dabei wird jede Äußerung, jeder Zug genau auf den Höhepunkt der Handlung bezogen. Alles Beiläufige wird fortgelassen. Nichts Umständliches wird um seiner selbst willen erzählt. Alles Erzählte hat eine ganz bestimmte Funktion in der äußerst gespannten Handlung auszufüllen. Der Aufbau der Handlung erfolgt im Aufeinanderstoßen der Gegenkräfte. Der Höhepunkt bildet zugleich den Schluß der Geschichte [...] Dieser Schluß bleibt (meist) offen. Die Kurzgeschichte gibt also ein Stück Wirklichkeit, das durch ein ‚unverhofftes Ereignis' gestört wird.

Der Bruch des Lebens, der sich im übermächtigen Geschehen oder im Aufeinanderprall von Geschehen und menschlicher Haltung darstellt, wird in der Kurzgeschichte kaum gemildert. Die einzige Milderung die zugleich eine nachhaltige Beruhigung bringt, ist der offene Schluß. Die Geschichte stellt nicht mehr dar, was sich nach dem Lebensbruch und Zusammenprall ereignet. Die Kurzgeschichte gibt also Augenblicksbilder, aber keine Entwicklung und keine geschlossene, in sich abgerundete Handlung."

(Wilhelm Helmich, *Wege zur Prosadichtung des 20. Jahrhunderts*, Braunschweig, 1960)

Gestaltungsmittel der Kurzgeschichte

„In Gegenstand und Gestaltung, Durchführung und Konzentration ist die Kurzgeschichte eine echte Kunstform. Sie erschafft mit den Gestaltungsmitteln der Sprache eine neue, künstlerische Wirklichkeit, die, formal der Reportage sich nähernd, den Eindruck schafft, als handle es sich um eine kunstlose Abschilderung eines tatsächlich im Hier und Heute so geschehenen Ereignisses. Was sie als Wirkung beim Leser erreicht, ist ein in sich abgerundeter, starker, eindrucksvoller Einblick in eine bestimmte Situation, ein Ereignis, eine Stimmung oder eine Gemütslage. Die Situation oder was sonst der Erzählgegenstand der Kurzgeschichte sein mag, muß sehr neu, sehr ungewohnt, sehr spannend und sehr charakteristisch sein für bestimmte Wesenszüge des menschlichen Daseins. Die Kurzgeschichte läßt sie scharf, grell und hart konturiert erkennbar werden wie im plötzlichen Lichtschein des Blitzes, der verlischt, noch ehe man sagen kann: es blitzt. Wo einem Erzähler das gelungen ist, da wird man zu Recht von einer echten Kurzgeschichte sprechen.

Da die Kurzgeschichte sich auf das eigentliche Geschehen selbst konzentriert, muß die gestalterische Kunst des Erzählens es fertigbringen, alles dem Leser zum Verständnis des Erzählvorgangs notwendige Wissen über die Situation, die Personen, die Konflikte, die Voraussetzungen und Auslösungen in der sprachlichen Verwirklichung des Geschehens selbst unmerklich zu vermitteln. Das erfordert ein Höchstmaß sprachkünstlerischer Fähigkeit nicht nur, sondern zugleich auch technisch gekonnte Raffung, die in knappster Ausdrucksform ein Vielfaches gleichzeitig in die Vorstellung des Lesers zu rufen vermag."

(Helmut Motekat, *Gedanken zur Kurzgeschichte*, *Der Deutschunterricht*, Stuttgart, 1957/1)

„Die Kurzgeschichte spiegelt und deutet wesentliche, vor allem furchterregende, den Menschen fordernde, unbewältigte Erscheinungen der Gegenwart [...] Durch die Beschäftigung mit ihr lernt die Jugend nicht nur eine charakteristische literarische Form unserer Zeit, sondern auch die Problematik des modernen Daseins kennen. Beides wird dargeboten in einer eigentümlich neuen Sprache.

Die Kurzgeschichte beleuchtet ein Alltagsgeschehen derart, daß es als dramatisches Ereignis von großer Eindringlichkeit begriffen werden kann. Sie arbeitet mit Überraschungsmomenten und eigenartigen Beleuchtungseffekten; sie rüttelt die Leser wach und regt sie zum Nachdenken an."

(Robert Ulshofer, *Unterrichtliche Probleme bei der Arbeit mit der Kurzgeschichte, Der Deutschunterricht*, Stuttgart, 1958/6)

Zur Stellung W. Borcherts in der deutschen Nachkriegskurzgeschichte

„Es war die Sprache W. Borcherts, nicht so sehr sein thematisches Inventar oder seine im Ansatz erkennbare literar-theoretische Position, die ihm einen besonderen Platz in der deutschen Nachkriegs-Literatur zuwies. Natürlich hat sein aufrüttelndes persönliches Schicksal dazu beigetragen, seine Besonderheit zu unterstreichen.

In der Tat war seine ‚Besonderheit' anders und unterschied ihn von seinen gleichaltrigen Schriftstellerkollegen. Da sie aber alle mit ‚ihrem Krieg' zu tun hatten, den sie verarbeiten und überwinden wollten, galt seine Stimme wiederum, trotz ihrer Eigenwilligkeiten, als repräsentativ für seine Generation.

Zwei tragende Begriffe sind mit der deutschen Nachkrieg-Literatur untrennbar verknüpft: ‚Kahlschlag- und Trümmerliteratur'. Den ersten Begriff führte W. Weyrauch ein, den zweiten formulierte H. Böll. Mit beiden wurde eine Positionsbestimmung der neuen deutschen Literatur versucht, die ernst machen sollte mit dem Versuch, die Wirklichkeit ungeschminkt darzustellen. Die Wirklichkeit war für die meisten von ihnen das unmittelbar Zurückliegende: die Erfahrung des gerade erst beendeten Krieges. Die Trennung von geschichtlicher Wirklichkeit auf der einen und sich selbst genügender Literatur (‚Dichtung'), die vom 19. Jahrhundert her unsere Literatur weitgehend bestimmt hatte, auf der anderen Seite sollte rigoros aufgehoben werden. Das Ziel war, von vorn zu beginnen, dabei auch Sprache und Literatur neu zu definieren. Dazu bekannten sich nahezu alle (jüngeren) Autoren, von Borchert bis Walser, von Böll bis Weyrauch. Viele von ihnen fanden sich später in der von H. W. Richter begründeten ‚Gruppe 47' wieder zusammen. Als Leiter der weltbekannten Autorengruppe und Mentor vieler junger Autoren formulierte H. W. Richter – Borchert war zu diesem Zeitpunkt bereits vom Tode gezeichnet – im Jahre 1947 die Voraussetzungen und Ziele für die neue Literatur: „Das Kennzeichen unserer Zeit ist die Ruine. Sie umgibt unser Leben [...] Sie ist das äußere Wahrzeichen der inneren Unsicherheit des Menschen unserer Zeit [...] Um diesen Menschen zu erfassen, bedarf es neuer Methoden der Gestaltung, neuer Stilmittel, ja einer neuen Literatur."

Eine ‚Neuerung' war die moderne deutsche Kurzgeschichte, obwohl sie faktisch bereits seit Mitte der 20er Jahre unseres Jahrhunderts Einzug in die Literatur gehalten hatte. Durch den Einfluß, den nach 1945 die französische, vor allem aber amerikanische Literatur auf die deutschsprachigen Autoren gewann, profilierte sich die Kurzgeschichte aber auch bei uns als eine wirklich neue und qualitativ gänzlich andere literarische Gattung. Autoren wie Aichinger, Bender, Böll, Grass, Lenz u. a. entwickelten Eigenständigkeit und Individualität und waren nach Borchert die beherrschenden Namen auf diesem Feld.

Bis zum Ende der 60er Jahre war die deutsche Kurzgeschichte das am intensivsten bearbeitete literarhistorische und -ästhetische Gebiet der germanistischen Forschung. Auf der (mehr oder weniger fruchtlosen) Suche nach übereinstimmenden Merkmalen für die Charakterisierung der ‚deutschen Kurzgeschichte' gelang P. Nentwig eine der bis heute gültigen Definitionen: „Sie (die Kurzgeschichte) gestaltet in einer dem Alltag angenäherten Sprache einen bedeutsamen Ausschnitt oder einen schicksalsbestimmenden Augenblick aus dem Leben eines Alltagsmenschen."

Dem Ausschnitthaften des Stoffes entspricht ihr Kompositionsprinzip: der unvermittelte Anfang und der ins Offene ausgehende Schluß. Höhepunkt, Wendepunkt und Schluß fallen bei den meisten modernen Kurzgeschichten zusammen.

Wolfgang Borchert hat nur die Anfänge dieser Entwicklung einer neuen deutschen Literatur erlebt und sie mit pointierten, abgrenzenden Formeln angeschoben. Er ging, so könnte man sagen, noch ehe die große Sichtungs- und Sortierarbeit begann. An ihr hätte er ohnehin wenig Freude gehabt. Als souveräner Meister der kleinen Form hat er, weitab von theoretischer Durchdringung, Maßstäbe für eine sich explosiv gestaltende neue

Ausdrucksform gesetzt. Für den Leser nach 1945 bis zum Ende der 60er Jahre galt W. Borcherts Werk als das, was es heute wieder zu werden beginnt: als Abbild und Ausdruck einer Menschheit am Abgrund, die Heilung und Hoffnung, Besinnung und Erneuerung brauchte."

(R. Poppe, *Erläuterungen zu Wolfgang Borchert. Draußen vor der Tür und ausgewählte Kurzgeschichten*, Hollfeld, C. Bange Verlag, 1995)

Zur Didaktik der Kurzgeschichte

„Die Kurzgeschichte als moderne Erzählform hat schon seit den 60er Jahren ihren festen Platz im Literaturunterricht. Die Textauswahl der Lesebücher und zahlreiche Kurzgeschichtensammlungen für den Unterricht belegen diese Tatsache. Für die meisten Schüler ist daher die Kurzgeschichte geradezu zum Inbegriff moderner Literatur geworden.

Daß die Kurzgeschichte diese literaturdidaktische Bedeutung erlangen konnte, hat mit ihrer besonderen Eignung für den Literaturunterricht zu tun:

a) Kurzgeschichten sind in sich geschlossene, kurze Texte, die sich gut in einer oder zwei Schulstunden bearbeiten lassen. Sie setzen keine häusliche Lektüre voraus, sondern können ohne Vorbereitung im Unterricht selbst gelesen werden. Sie sind auf Grund ihrer Kürze leicht überschaubar und eignen sich deswegen gut zur konkreten Arbeit am Text.

b) Die Inhalte der Kurzgeschichten besitzen große Realitätsnähe, ja Aktualität. Dadurch ergibt sich zwischen den Kurzgeschichten und der Wirklichkeit ihrer Leser kaum eine Differenz. Dieses Argument muß freilich für die Kurzgeschichten der unmittelbaren Nachkriegszeit und der 50er Jahre heute relativiert werden.

c) Die Sprache sowie die Darstellungs- und Erzählweisen der Kurzgeschichten korrespondieren mit ihren realistischen Inhalten. Auch sie führen zur Verkürzung einer literarischen Distanz und erleichtern die Auseinandersetzung mit ihren Inhalten.

d) Die Neigung zur Komprimierung, zur Andeutung, Symbolhaftigkeit und Metaphorik ermöglicht den Schülern eine unmittelbare Erfahrung literarischer Ausdrucksmöglichkeiten, ja dessen, was Literatur überhaupt ist.

e) Auf Grund ihrer Offenheit, besser: ihrer Problemoffenheit, liefern Kurzgeschichten keine fertigen Antworten, sondern fordern den Leser zu einer selbständigen Auseinandersetzung heraus. Er muß seine Erfahrungen und Gefühle in den Deutungsprozeß mit einbringen; dadurch erfährt er eine

Erweiterung und Vertiefung seines Realitäts- und Selbstverständnisses.

f) Problemoffenheit, Komprimierung, Symbolhaftigkeit und Metaphorik bedeuten für die Schüler aber auch Verschlüsselung und Rezeptionswiderstand, der durch Arbeit am Text und Reflexion überwunden werden muß. Ein vordergründiges Verstehen reicht nicht aus. Freilich gibt es auf den einzelnen Altersstufen verschiedene Wege der Annäherung und eine unterschiedlich intensive Auseinandersetzung mit den Kurzgeschichten. Insofern kommt die Kurzgeschichte als Gattung dem jeweiligen Entwicklungsstand der Schüler entgegen und ermöglicht verschiedene Formen der Differenzierung."

(G. Lange (Hrsg.), *Arbeitstexte für den Unterricht – Deutsche Kurzgeschichten II*, 7.-8. Schuljahr, Stuttgart, Philipp Reclam junior, 1988)

PRIMÄRLITERATUR UND NACHSCHLAGEWERKE

Die Heilige Schrift des Alten und Neuen Testaments, Aschaffenburg, Paul Pattloch Verlag, 1957

AA.VV., D.I.T. *Dizionario tedesco-italiano italiano-tedesco*, Torino, Paravia, 1999

AA.VV., *Der Duden in 12 Bänden – Das Standardwerk zur deutschen Sprache*, Mannheim-Leipzig-Wien-Zürich, Dudenverlag, 1998

BAEDECKER, *Germania*, Novara, Istituto geografico De Agostini, 1994

K. BAHNERS-G.EVERSBERG-R.POPPE (Hrsg.), *Erläuterungen zu Wolfgang Borchert. Draußen vor der Tür und ausgewählte Kurzgeschichten*, Hollfeld, C. Bange Verlag, 1995

W. BORCHERT, *Das Gesamtwerk*, Hamburg, Rowohlt Taschenbuch Verlag, 1991

W. BORCHERT, *Die traurigen Geranien und andere Geschichten aus dem Nachlass*, Hamburg, Rowohlt Taschenbuch Verlag, 1967

W. BORCHERT, *Draußen vor der Tür und ausgewählte Erzählungen*, Rowohlt Taschenbuch Verlag, 1987

M. BRAUNECK (Hrsg.), *Autorenlexikon deutschsprachiger Literatur des 20. Jahrhunderts*, Hamburg, Rowohlt Taschenbuch Verlag, 1984

F. GLUNK, *Das große Lexikon der Symbole*, Bindlach, Gondrom Verlag, 1997

G. LANGE (Hrsg.), *Arbeitstexte für den Unterricht – Deutsche Kurzgeschichten II*, 7.-8. Schuljahr, Stuttgart, Philipp Reclam junior, 1988

D. MAYER (Hrsg.), *Verstehen und Gestalten 7*, München, Oldenbourg Verlag, 1983

E. NEIS, *Kurzprosa (Kurzgeschichte, Kalendergeschichte, Anekdote, Skizze)*, Hollfeld, Bange Verlag, 1981

G. und I. SCHWEIKLE, *Metzler Literatur Lexikon*, Stuttgart, J. B. Metzlersche Verlagsbuchhandlung, 1984

D. STEINBACH, *Literatur in der Bundesrepublik Deutschland. Phasen und Aspekte*, Stuttgart, Klett Schulbuchverlag, 1989